LA PENSION MARGUERITE

DU MÊME AUTEUR

Mon cher Jean… de la cigale à la fracture sociale, essai, Zoé, Genève, 1997.
Le Mystère Machiavel, essai, Zoé, Genève, 1999.
Nietzsche ou l'Insaisissable Consolation, essai, Zoé, Genève, 2000.
La Chambre de Vincent, récit, Zoé, Genève, 2002.
Victoria-Hall, roman (prix du Premier Roman de Sablet), Pauvert, Paris, 2004 ; Babel, n° 726, 2006.
Dernière lettre à Théo, Actes Sud, Arles, 2005.
L'Imprévisible, Actes Sud, Arles, 2006.
La Pension Marguerite, Actes Sud, Arles, 2006.
La Fille des Louganis, Actes Sud, Arles, 2007.

ISBN 978-2-7427-6902-5

Photographie de couverture :
Colin Hawkins

METIN ARDITI

LA PENSION MARGUERITE

roman

BABEL

à Calypso

Eh bien, moi, je remonterai aux racines ! Là aussi je ferai la lumière.

SOPHOCLE,
Œdipe roi.

Le 27 septembre

8 h 00

TOUT ira bien à Paris, lui avait dit Rose. Elle avait lâché les mots en vitesse, sans le regarder, au moment où elle se levait de table.

Bien sûr que tout ira bien, se dit Aldo. Il n'y a pas de raison. Il était déjà réveillé mais ne bougea pas lorsque le garçon d'étage sonna. Une dizaine de secondes passèrent. Aldo anticipa avec délices les bruits qu'il connaissait. Le petit déclic du passe, la lourde porte que l'on pousse, le roulement du chariot, le tintement des couverts, le frottement des pieds de la bergère sur la moquette, les pas du garçon qui s'éloigne. Au cliquetis de la porte qui se fermait, il se calfeutra dans son lit. L'atmosphère close de sa chambre le rassura. Il alluma la lampe de chevet, prêt à se lever, puis changea d'avis. Il n'était pas à cinq minutes près.

L'odeur du pain bien grillé le plongea dans le plaisir. Il anticipa le crissement de la mie brune sous le couteau, la petite cascade de miel qu'il laisserait inégale sur la couche de beurre, histoire de créer la surprise dans le palais, et pour finir le bruit de la tartine craquant sous la dent. Irrésistible. Bien sûr que tout irait bien.

La journée s'annonçait pareille à beaucoup d'autres. Elle serait menée avec maîtrise. Séance d'échauffement, répétition générale, interviews, repas vers seize heures (protéines et sucres lents), promenade, échauffement encore, et enfin un concert qu'il exécuterait de façon parfaite. Le bonheur. Applaudissements. Ovation aux deuxième et troisième rappels. Un *bis*. Dernier rappel avec, peut-être, une ovation debout. Il n'y aurait pas de deuxième *bis*. C'était cela, un concert réussi : une relation qui bascule. Le public qui reste sur sa faim.

Un coup de sonnette bouscula Aldo dans sa rêverie. Il laissa passer quelques secondes, pensant que le garçon d'étage revenait. Il a dû oublier quelque chose, se dit Aldo. Il était aux aguets, guettant le bruit du passe. Au bout d'une demi-minute, il alla ouvrir de mauvaise grâce. Un groom lui tendait une épaisse enveloppe blanche. Il était cramoisi.

— Pardonnez-moi, maître, je n'arrivais pas à la glisser sous la porte. Alors, j'ai sonné.

Aldo saisit l'enveloppe. Elle lui parut très lourde. Il fut surpris de constater qu'elle n'indiquait pas de destinataire. Il la retourna : rien. Seul figurait au recto le nom de l'expéditeur, imprimé sur son coin supérieur gauche : *Docteur Armand Rey, Chef de service, Hôpitaux de Paris.*

Avant le mot “Chef”, une main avait griffonné “Ancien”.

— Vous êtes sûr que c'est pour moi ?

Le groom était muet d'embarras.

— C'est bon, lui dit Aldo.

Il appela le concierge.

— Parfaitement, c'est moi qui l'ai reçu, un monsieur distingué, d'un certain âge. Je lui ai proposé de vous appeler, mais il ne voulait pas vous déranger. Le temps que je m'informe de l'heure pour laquelle votre petit-déjeuner était commandé, la personne était partie… J'espère que votre petit-déjeuner a bien été monté ?

— A huit heures très précises, merci, tout était parfait.

— Alors tous mes vœux pour ce soir, maître, si je ne vous vois pas d'ici là. Les cinq lettres.

— C'est gentil, vraiment, répondit Aldo.

Il ressentit un plaisir secret d'avoir été si poli. Il détestait donner dans le flou.

L'absence d'adresse sur l'enveloppe le dérangeait. Sans doute un médecin retraité : il a écrit un concerto pour violon, et il est persuadé que c'est un chef-d'œuvre.

Il lança la grosse enveloppe sur le canapé de velours rouge. Il verrait plus tard. Il se servait de café au lait lorsque le téléphone sonna. C'était son agent. Il y avait un article dans *Le Figaro*. Il est bon, lui dit l'agent. Aldo se retourna et vit le journal glissé sous la porte.

La perspective de lire l'article l'irrita malgré tout. Trois ans plus tôt, la critique parisienne l'avait malmené. Le chroniqueur du *Figaro* avait jugé son jeu "brillant, mais presque trop, à l'américaine, une façon de jouer qui n'apporte rien de durable". Celui du *Monde* avait qualifié la virtuosité d'Aldo d'"exercice de style à l'intérieur duquel on cherche l'émotion". La chroniqueuse musicale de *Diapason* avait conclu son article par un "On l'admire. On ne l'aime pas."

La lecture du *Figaro* pouvait attendre. Il prit sa tasse et s'installa sur le canapé, le dos calé sur les coussins. La perspective des applaudissements du soir calma d'un coup son irritation. Ils allaient l'apaiser, il le savait. L'isoler, le protéger.

Leur évocation le plongea dans le souvenir de la Pension Marguerite, lorsque tout le monde se disputait son affection. Il avait eu de la chance. Une enfance de petit roi. L'image lui parut à la fois juste et saugrenue. Il esquissa un sourire et secoua la tête dans un geste de dérision.

Deux longues gorgées de café au lait lui brûlèrent la gorge. La sensation le rassura. Son regard tomba à nouveau sur *Le Figaro* glissé sous la porte. Il finirait bien par le lire. Il alla ramasser le journal et l'entama par la fin. Il trouva vite l'article. Page 25, rubrique "Arts et spectacles", titré sur deux colonnes : "L'homme qui joue les yeux fermés". Une photo cadrée de près le montrait jouant de son instrument, les yeux clos. Sous la photo, il lut : "Le grand violoniste de retour après trois années d'absence." Le texte était plutôt bienveillant. Il parlait de "l'un des plus extraordinaires techniciens de sa génération". Il s'interrogeait aussi sur le choix du morceau. Le chroniqueur aurait vu Aldo Neri "plus à l'aise dans le concerto de Tchaïkovski, très virtuose, ou dans celui de Korngold, riche en effets faciles, que dans celui de Beethoven". Ça promet, se dit Aldo. L'article se terminait par le rappel de "la façon – propre à Aldo

Neri – de garder les yeux fermés presque de bout en bout du concert, étonnante pour un violoniste qui est plus un virtuose qu'un romantique".

Il posa le journal. Son regard tomba à nouveau sur l'enveloppe. Maintenant sa vue l'irritait fortement. C'était sûrement une partition originale. Un concerto pour violon qu'il faudrait déchiffrer avec soin, pour ensuite pouvoir le commenter au compositeur sans le heurter. L'épaisseur s'expliquait : le compositeur avait préparé les partitions destinées aux divers pupitres. Quelqu'un qui fait tout pour qu'on joue son concerto, se dit Aldo. Il décida de mettre l'enveloppe dans sa valise. Il la lirait dans le TGV, le lendemain.

Il la prit en main, la soupesa à nouveau, la tint ainsi quelques secondes, et la reposa sur le canapé rouge. Un sentiment de malaise le traversa. Il observa l'enveloppe. Il espéra soudain qu'il s'agissait bel et bien d'une partition. Il saurait lui donner une juste suite.

Il sentit son pouls s'accélérer. Cela contribua à l'irriter encore davantage. Il se dit : C'est ridicule, et il ouvrit l'enveloppe.

Elle ne contenait aucune partition. Aldo en dégagea une masse épaisse de feuillets écrits à la main. Ils étaient agrafés en plusieurs liasses. L'écriture lui sembla familière. Une lettre couvrait la pile, deux pages tapées à la machine sur un modèle ancien, constellées de corrections manuscrites.

Dr Armand Rey
Psychiatre et psychanalyste
Professeur honoraire des Universités
33, rue de la Bienfaisance
75008 Paris

A Monsieur Aldo Neri
Hôtel de La Trémoille

Cher Monsieur,

Il y a huit ans, votre mère est venue me consulter. Elle m'était envoyée par son généraliste, le docteur Claude. Elle souffrait de graves troubles du sommeil, accompagnés des symptômes de la dépression. J'entrepris d'abord une psychothérapie à raison d'une séance par semaine. Mais très vite je conclus qu'aucune amélioration notable ne serait possible sans une prise en charge en profondeur, de type psychanalytique. Votre mère présentait les symptômes d'un trouble de l'identité. L'expression est violente : la recherche d'identité est une activité de chaque être et de chaque instant. Dans le cas de votre mère, le trouble était important. Son enfance avait baigné de bout en bout dans un mensonge de nécessité. L'analyse me semblait pouvoir offrir les clés aptes à la soulager. Trois années durant, à raison de quatre heures par semaine, votre mère est venue me consulter, rue de la Bienfaisance. Les événements tragiques qui ont entouré sa mort se sont produits trois mois environ après qu'elle avait cessé son analyse. C'était au mois de décembre, il y a cinq ans cette année. Ce malheur fut pour moi une source de grave remise en cause personnelle.

Après l'enterrement, et passé les fêtes de fin d'année, j'ai reçu du notaire chargé de la succession, maître M., un paquet contenant une liasse de feuillets manuscrits, ceux que je vous fais parvenir aujourd'hui. En travers de la première page, titrée "Souvenirs", votre mère avait écrit : "Pour le docteur Rey." Le notaire me disait en substance : J'imagine que ces feuilles vous reviennent. Il ajoutait qu'il avait mis un point d'honneur à ce que ni lui ni personne n'en prenne connaissance, au-delà, précisait-il, de la première page (je me souviens du détail).

J'appris en les lisant qu'au fil de nos séances, votre mère notait les souvenirs que son analyse faisait remonter en surface. Les faits étaient à peine commentés.

Nulle part ou presque le jugement ou la révolte. Lorsque ces notes me sont parvenues, le souvenir des séances d'analyse avec votre mère était très fort. J'avais le sentiment qu'elles relevaient du secret professionnel. La possibilité de vous les transmettre ne m'avait pas effleuré l'esprit. J'ai retrouvé ces lignes hier soir. A vrai dire, quand j'ai appris par la presse que vous donniez un concert à Paris, je les ai recherchées. Je les ai relues d'une traite. Leur teneur me convainc qu'elles n'ont pas été écrites pour moi. C'est à vous qu'elles sont destinées.

J'avais le choix : les faire disparaître ou vous les remettre. C'est sur votre capacité d'artiste à comprendre le malheur, et, aussi, sur la certitude que votre mère a fait de vous un être d'une immense richesse, que j'ai fondé ma décision de vous les livrer.

J'espère que cette lecture vous aidera, dans l'impossible démarche qui consiste à ne pas juger ceux qui nous ont aimés comme ils ont pu.

Aldo resta immobile un long instant, dos abandonné contre le dossier du fauteuil, regard perdu.

Il tâcha de maîtriser le fil de ses réflexions. Ses pensées lui échappaient. Elles allaient en tous sens, comme quand on laisse tomber une poignée de pièces de monnaie et qu'elles vont se perdre de gauche et de droite. Le t-shirt dans lequel il avait dormi était trempé. Il lui collait au dos.

Il n'avait pas versé une larme. Ni à l'annonce du suicide, ni à Paris, lorsqu'il retrouva Rose, ni pendant l'enterrement. Ni après. Rose lui avait demandé : "Comment tu fais ?" Il ne savait pas. Il avait vécu la mort de sa mère les yeux secs.

Cela s'était passé cinq ans plus tôt. Il enregistrait le Mendelssohn avec le Boston Symphony. A la pause du matin, l'intendant de l'orchestre l'attendait devant sa loge, l'air sombre. "I have bad news for you, Aldo."

Le corps de sa mère avait été découvert le matin même, vers dix heures, dans une chambre d'hôtel à Berlin. Il ajouta : "I'm sorry, Aldo."

Le rapport de police avait indiqué que sa mère n'avait reçu personne. Elle n'avait appelé personne de son portable. Personne ne l'avait appelée. Elle n'avait pas laissé de mot. Elle était morte vers deux heures du matin, vidée de la moitié de son sang après s'être tranché la gorge à l'aide d'un rasoir de coiffeur, un pliable à grande lame. Elle avait dû y mettre toute sa force. L'entaille était située très haut sur le cou, un endroit qui avait semblé inhabituel au médecin légiste. Elle était si profonde que les cordes vocales avaient été sectionnées.

La veille, sa mère avait annoncé aux pensionnaires, comme de rien : “Demain je voyage. Je serai absente deux jours.” Elle n’était jamais allée à Berlin auparavant. La pension où elle avait fait réserver une chambre pour une nuit était située dans le quartier de Kreuzberg, un quartier d’émigrés turcs et de boîtes de nuit.

Le suicide, Aldo pouvait le comprendre. Les cordes vocales aussi. Bien sûr. Mais pourquoi Berlin ? Il se redressa sur le canapé. D’un mouvement d’épaules il dégagea l’encolure de son t-shirt humide. La lettre lui était restée entre les mains. Il la posa sur le chariot du petit-déjeuner. Il tendit le bras, le retira, hésita, et finit par prendre la première liasse. Il lut deux pages très vite, le cœur battant, puis posa la liasse, sortit la dernière liasse du bas de la pile, en fit basculer les feuilles, et découvrit la dernière page. Ses yeux dévalèrent le texte. Lorsqu’ils arrivèrent en bas de page, il fut pris de vertige. Il ferma les yeux, déglutit et cala ses coudes contre le canapé rouge pour retrouver son équilibre.

Sa mère disait tout.

Il resta immobile plusieurs minutes. Il s'efforça de penser au concert du soir. Il en anticipa l'atmosphère, le succès, les vivats. En vain. Il était incapable d'organiser ses pensées.

Il n'avait que faire de ces feuillets. Ils étaient de trop. On ne refait pas le passé. On le digère comme on peut. Il s'y employait depuis trente ans. Il allait les jeter. Là, tout de suite. Bien que... Il se dit qu'il risquait de tourner le dos à quelque chose qui pourrait, peut-être... Pourrait quoi ? L'aider ? A quoi ? A rien, bien sûr. Et puis non. Pas à rien. A quoi alors ? se dit Aldo.

Un quart d'heure passa. Il décida de réagir, se leva d'un bond, sortit le violon de son étui et entreprit de l'accorder. Il resta sur la première corde. Il l'accorda, la fit vibrer sur plusieurs notes de haut en bas du manche, recommença l'opération, secoua la tête de lassitude et posa le violon dans l'étui. Il appela sa femme :

— Ça recommence. Le *do* de la corde de *sol*.

— Ça faisait longtemps, dit Rose.

— Trois ans. Paris il y a trois ans. Je m'en souviens comme si c'était hier.

— Ce n'est pas dans la tête ?

— Arrête.

— Tu vois quelque chose ?

— La fente s'est un peu ouverte.

— Tu es sûr ?

Aldo ne savait pas. Il avait l'impression. Pour la fente, il n'était pas sûr. Elle remontait à la nuit des temps. Quand elle se réveillait, elle était visible sur la face supérieure de l'instrument. Mais le bruit était bien là. Au *do*, la corde de *sol* laissait échapper un petit gémissement. C'était un son étouffé, à peine perceptible. Le chagrin enfoui d'un enfant qui serait allé cacher sa peine au fin fond de la maison.

— Tu n'es pas sûr ?

— Si, je crois. En tout cas le bruit est là.

— Tu paniques ?

— Non. Un peu.

— Tu veux que je vienne ?

— Tu peux ?

— Ça fait longtemps que tu ne me l'as pas demandé…

— Je sais. Viens.

— Si je prends le dix heures trente, je peux être à l'hôtel à deux heures. J'amène ce qu'il faut. Tout ira bien.

— Merci.

Il ajouta, juste avant qu'elle ne raccroche :

— Il y a autre chose.

Elle laissa passer un instant de silence :

— Je me disais aussi…

Il lui raconta. Elle dit, très vite :

— Tu vas avoir mal pour rien, Aldo. Jette toutes ces lettres.

— On verra.

— Jette-les sans les lire, Aldo. Tout ça ne t'amènera rien.

— On verra.

Il raccrocha. Il avait posé la pile des feuillets sur ses genoux. Les liasses étaient tenues par des trombones. Il compta. Six liasses de dix à quinze feuillets chacune. Aucune n'était datée.

Neuf heures et quart. Il lui restait deux heures pour se préparer et s'échauffer jusqu'à la générale. Il s'étendit sur le canapé rouge et consulta à nouveau sa montre. Neuf heures seize. Il avait besoin de parler à Rose. Elle devait être en train de courir trente-six lièvres. Il l'appela quand même. Dès qu'elle décrocha, il se sentit penaud.

— Non, rien, n'oublie pas la colle.

— Aldo, tu vas bien ?

— J'ai fait le numéro machinalement. Ne t'en fais pas. Viens.

Aldo repensa au bruit. Il rouvrit son étui, retira le velours bleu qui enveloppait le violon et observa la fente. Elle démarrait à deux centimètres du chevalet, côté manche, vers la corde de *mi*, et se faufilait sur trois à quatre centimètres dans le sens des années du bois. C'est sûr qu'elle s'est élargie, pensa Aldo.

Il joua le *do* sur la corde de *sol*. Il trouva le bruit. Maintenant sa présence le rassurait. Il l'accueillit avec soulagement. Puis, bizarrement, sa réaction augmenta son trouble. Elle lui sembla incongrue. Il aurait voulu dominer l'émotion. Il la subissait. Tout cela n'avait pas de sens.

Déjà neuf heures vingt. Aldo se souvint que son agent voulait discuter d'une tournée. Il finirait par être en retard à la générale. Il remit la lecture des notes de sa mère à plus tard et entreprit ses exercices d'échauffement.

Il les poursuivait avec application lorsque son regard balaya la pile des feuillets posée sur la table basse. Il arrêta son échauffement d'un coup. Il rangea son violon dans l'étui et se mit à chercher un endroit où garder les feuillets sous clé. Il trouva un petit coffre. Il était vissé au mur, à l'intérieur d'une armoire.

Aldo y déposa les feuillets et la lettre, lut les instructions du coffre, tapa le code, et s'embrouilla dans la marche à suivre. Après trois tentatives pour le fermer correctement, il réussit enfin et quitta la chambre.

Il serait au théâtre trop tôt. Il préféra cela à rester confiné dans sa chambre d'hôtel, les feuillets à portée de main.

11 h 00

OÙ EN SONT-ILS ?

Aldo avait posé la question à Laure, l'assistante de plateau.

— Ils finissent la pause et enchaînent avec la première partie : *Danses de Galánta*, puis votre concerto. La *Cinquième* de Tchaïkovski a très bien marché, ils l'ont bouclée en moins d'une heure.

Selon la tradition, la générale se déroulait dans l'ordre inverse du concert. Comme Aldo jouait le soir en première partie, cette inversion lui offrait un début de journée plus confortable.

— Le chef est content ?

— Difficile à dire. L'orchestre sonne bien.

L'orchestre, c'était l'Orchestre de la Suisse romande, un ensemble avec lequel Aldo avait l'habitude de jouer dans leur salle du Victoria-Hall, à Genève. En tournée, c'était la première fois.

— Je vais écouter les *Danses*, dit Aldo.

Les *Danses* ne duraient qu'un quart d'heure. Il prit place au troisième rang, au milieu des manteaux et des étuis d'instrument posés en vrac sur les fauteuils rouges. Les musiciens achevaient leur pause. Le violon solo se leva et demanda au hautboïste de donner le *la*. Les vents s'accordèrent, puis les cordes. Il y eut un silence de quelques secondes. Le chef titulaire apparut entre les rangs. Il aperçut Aldo, lui fit un salut de la main, prit position sur le podium, baguette levée, et attaqua les *Danses de Galánta*.

Aldo connaissait le morceau depuis toujours. Ses yeux se brouillèrent. Il se sentit gêné. Il se frotta les yeux et s'étira, histoire de donner le change. M. Zoltan jouait une transcription des *Danses* qui nécessitait une virtuosité inouïe. "Ce qui compte, ce n'est pas la technique, répétait Zoltan. Il faut jouer ce morceau avec son cœur, mon Aldo. Tout son cœur et même plus ! Si tu sors les notes comme si tu arrachais ton cœur, tu joueras les *Danses* comme un vrai Tzigane !" Il disait : Un vrêê Tzigane.

M. Zoltan, pensionnaire violoniste. Il lui avait appris à réciter une comptine hongroise bourrée de *ö* :

Öt Török öt Görögöt
dögönyöz örökös
*örömök között**.

Ils se disaient "Öt Török", et cela suffisait. Ils riaient aux éclats.

Un jour M. Zoltan s'était cassé le bras en glissant dans la salle de bains. Il avait fallu trouver un professeur au conservatoire, rue de Madrid. Tante Marguerite s'était occupée de tout. Aldo était redevable à Zoltan des leçons qu'il lui avait données, et des autres, celles que son accident avait permis à Aldo de recevoir au conservatoire.

Trois ans plus tôt, il était en tournée en Allemagne. Le dernier concert avait lieu à Berlin. Il se souvint du regard du concierge du Kempinski, lorsqu'il lui avait demandé de lui réserver une chambre pour une nuit à la pension Avalon.

— In Oranienstrasse ? In Kreuzberg ?

Le concierge avait eu un regard d'incompréhension, puis il s'était repris très

* "Cinq Turcs se battent contre cinq Grecs dans une joie éternelle."

vite et avait fait la réservation en professionnel, comme s'il s'était agi de lui assurer une bonne table.

— Je vous laisse mon Stradivarius, lui avait dit Aldo.

— Il sera sous clé dans le bureau du directeur, nous sommes très honorés de le garder.

Au 78 de l'Oranienstrasse, la pension Avalon était logée au premier étage d'un immeuble ancien. La façade, qui avait dû être beige, était noire de suie. Deux jeunes Turques fumaient et bavardaient devant la porte d'entrée. L'une d'elles, carrée d'épaules et courte sur pattes, lui lança d'une voix gutturale : "Merhaba, Liebling*." C'était dit sans y croire, à tout hasard. Aldo scruta la façade. Une plaquette de petites dimensions indiquait : "Pension Avalon, 1. Stock."

L'entrée de l'immeuble sentait les poubelles. Aldo monta au premier et poussa la seule porte palière. Elle ouvrait sur un vestibule où une très jeune fille mangeait de la glace à même le bac. Elle était blonde et forte, les cheveux coupés très court.

— Ja bitte ?

C'était à peine une question. Il remplit la fiche d'entrée. La fille lui indiqua

* "Bonjour chéri" (en turc, puis en allemand).

sa chambre du doigt. “Zweites Zimmer links.” Aldo ne bougea pas. La fille leva les yeux sur lui d’un air nonchalant.

— Sonst etwas ?

Aldo lui demanda si elle parlait anglais.

— A little.

Il lui raconta. Deux ans plus tôt, une femme s’était suicidée dans cette pension. La fille n’était pas au courant. Elle était là depuis trois mois. Le propriétaire était à Hanovre jusqu’à la fin de la semaine. Elle se remit à manger sa glace.

Aldo se dirigea vers la chambre que la fille lui avait indiquée. Il ferma la porte, posa son bagage et s’assit sur le lit. Une forte odeur d’eau de Javel lui saisit le nez. La chambre était déprimante. Les meubles avaient dû être majestueux. Les rideaux étaient lourds. Sur le couvre-lit, une courtepointe ornée de broderies donnait une note personnelle. Aldo vit qu’elle était maculée. Il eut un haut-le-cœur.

Sa mère avait quitté la Pension Marguerite un matin de décembre. Elle était arrivée vers vingt heures trente à la pension Avalon. Quelques heures plus tard, elle s’était tranché la gorge. Etait-ce sur ce lit ? On l’avait trouvée nue, sa chemise de nuit posée sur le lit était encore pliée. Etait-ce son sang qui avait taché la courtepointe ?

A la Pension Marguerite, les murs et le fonds lui appartenaient. Elle s'était bien sortie d'une vie difficile. A l'âge de soixante ans, quelque chose lui était soudain devenu insupportable. Il se demanda si elle avait gardé les yeux ouverts.

Il resta une longue minute le regard perdu sur la courtepointe, puis prit son bagage, dit à la fille : "I must go back", paya sa note et quitta la pension Avalon. Il repartit à pied. Les immeubles du quartier étaient mal entretenus. Aux rez-de-chaussée, des épiceries turques, des Döner-Kebab, des bars et des night-clubs marquaient le quartier.

Pourquoi Berlin ? Sa mère en parlait-elle dans ses notes ? Sûrement. Peut-être.

Les derniers accords des *Danses* le ramenèrent au moment présent.

— C'est bien, dit le chef d'orchestre, puis il ajouta, en direction d'Aldo : On enchaîne avec le concerto ?

— Cinq minutes, dit Aldo.

Il traversa le plateau. Sitôt arrivé dans sa loge, il fit quelques gammes, puis revint sur le *do* de la corde de *sol*. Il poussait et tirait l'archet sur la note lorsque le chef d'orchestre passa la tête par l'entrebâillement de la porte.

— Des problèmes avec votre Strad ?

— Oui, un loup.

— Où ça ?

— Là, sur le *do* de la corde de *sol*. Vous l'entendez ?

Le chef tendit l'oreille pendant qu'Aldo faisait vibrer la corde.

— Je n'entends rien. Allez-y encore une fois.

Aldo tira l'archet sur la corde lentement, de bout en bout.

— Vous êtes sûr que c'est un loup ?

— Je ne sais pas, dit Aldo. Vous voyez la fente ?

Il lui indiqua l'emplacement.

— De temps en temps, ça la reprend. La dernière fois c'était ici, à Paris. Ce n'est pas vraiment un loup. Quelque chose de bizarre.

— Les mystères du violon, dit le chef. Mais dites, votre dernier concert, c'était où ?

— New York, répondit Aldo, Carnegie Hall, *Concerto* d'Elgar.

— Vous êtes sûr que ce n'est pas ça ? Tous vos collègues font le coup. Dès qu'ils vont en Amérique, ils tendent les cordes comme des damnés, forcent l'âme à tout faire craquer et montent le *la* à 442. Ça donne des sons qui pètent et des *standing ovations* à l'américaine !

— Ce n'est pas ça, dit Aldo. Je n'ai jamais fait ce coup. Je vois bien que la fente s'ouvre. Elle est plus large que d'habitude.

— Et vous entendez quoi ?

— Comme un gémissement à travers une paroi. Jugez-en.

Il tira à nouveau sur l'archet. Le chef secoua la tête :

— Non, rien.

— Rose est dans le TGV, elle sera à l'hôtel à deux heures.

— Un violoniste dont la femme est une luthière, c'est une belle coïncidence…

Il observait Aldo du coin de l'œil. Il souriait.

Aldo s'efforça de sourire à son tour.

La répétition se passa mal.

Aldo donna le change durant le premier mouvement. Il rendit la cadence en bon artisan, l'orchestre exécuta sa part avec conviction, et l'*Allegro* se déroula correctement. Du travail de professionnels, sans plus. A la fin du mouvement, Aldo demanda au chef d'orchestre de s'accorder à nouveau. Il observa la fente, puis rechercha le bruit sur le *do* de la corde de *sol*. Il le trouva et cela lui procura à nouveau un sentiment de sécurité. Il inspira longuement du nez et hocha la tête en direction du chef pour lui indiquer qu'il était prêt.

Dès que le chef lança le *Larghetto*, les choses se gâtèrent. Aldo n'était pas dans le morceau. Les phrasés lui paraissaient trop longs. Sur les *sol-si*, où le soliste a la liberté de fixer son tempo, il se précipita. Dans les passages sublimes où la descente à l'intérieur de soi-même s'imposait, il joua dans la hâte. Il était déboussolé. Deux fois le chef jeta un regard interrogateur dans sa direction. En vain. Aldo jouait les yeux fermés.

Dans le *Rondo*, sa virtuosité sauva les meubles. Il le joua avec brio, mais sans grâce.

— Merci, fit le chef.

C'était dit sans conviction. Aldo consulta sa montre. Il était midi vingt-cinq. Une journaliste l'attendait à une heure au bar du La Trémoille. Rose ne serait pas à l'hôtel avant deux heures. Dans le coffre de sa chambre d'hôtel l'attendaient les feuillets. La perspective de les lire le terrorisait. Il décida de différer son retour et s'adressa au chef :

— Puis-je avoir encore deux petites minutes de temps d'orchestre ?

— Mesdames et messieurs, s'il vous plaît, la répétition n'est pas terminée, M. Neri souhaite reprendre un passage.

— Il ne s'agit pas de cela, dit Aldo, s'adressant aux musiciens. Je voudrais parler du *bis*. Je souhaite faire l'une des variations de Paganini, le *Carnaval de Venise*. Chacun connaît la petite polka.

Il en joua quelques notes, puis reprit :

— Il n'y a pas d'accompagnement prévu, mais si les pupitres cordes sont d'accord, on peut improviser un pizzicato dans la tonalité, une tierce puis une quinte puis une octave, que les cordes reprennent en ritournelle pendant que je joue le thème. On peut essayer ? On démarre sur le *sol*.

Le chef donna le départ aux cordes et le *bis* de trois minutes à peine – un morceau piquant d'une grande élégance mais dénué de profondeur – fut enlevé à la perfection. Le *bis* serait un succès.

Aldo consulta encore sa montre. Une heure moins vingt-cinq.

Brusquement il changea d'avis. Il salua l'orchestre d'un geste rapide et se précipita à l'hôtel. Dès qu'il fut dans sa chambre, il posa son violon et sortit les feuillets du coffre.

Première séance chez le docteur Rey. Souvenirs d'enfance. Je retrouve la sensation qui m'était la plus familière : l'incompréhension. Les situations m'échappaient. Je ne savais jamais ce que je devais penser, dire, faire. Je ne comprenais pas. Même les moments de joie. L'incompréhension les rendait inutiles. Comme du coton humide. Pour qu'il soit utile, le coton doit être sec, sinon il n'est pas vraiment perdu, mais c'est tout comme.

Devant un cadeau ou une surprise, j'hésitais. Je guettais le regard de ma mère ou de Mme de L., chez qui elle était employée. La tendresse était là, mais une sorte de résignation lui ôtait toute sa force, comme un regard sur un enfant gravement malade. J'étais de santé vaillante. Menue mais très agile. J'ai grandi, craintive, passive, à ne pas m'interroger sur les événements. A ne jamais leur répondre par un élan. Si on m'avait dit : C'est chouette, sois heureuse, vas-y, je n'aurais pas su.

Deuxième heure passée avec le docteur Rey.

De nouveau ce sentiment d'incompréhension. C'était quelque chose de flou. A mi-chemin entre la honte et l'embarras. Comme une odeur qui s'immisce partout. Ma mère m'aimait, Mme de L. aussi, sans doute. Mais ça clochait. Je m'expliquais les regards désolés par mon statut : mon père n'avait pas eu le temps d'épouser ma mère. Mort à la guerre. Il te regarde, répétait ma mère : "Ti guarda, il papà, ti guarda sempre." A cause de cette phrase, je me suis détachée de ma mère à quinze ans.

Ma mère. L'abnégation. Un concentré d'abnégation. Aujourd'hui, dans le métro, en rentrant de la séance chez R., je retrouve l'expression que prenait son visage lorsqu'elle m'habillait. Une énergie expiatoire. Tout son corps exprimait cette recherche de pénitence. Des scènes entières me reviennent en mémoire avec une clarté absolue.

Elle prenait un soin incroyable à me laver, à m'habiller, à me coiffer. Au moment où j'étais debout devant elle qui me tenait par les bras, d'un coup, elle semblait insatisfaite. L'énergie qu'elle avait dépensée à me préparer ne constituait pas la pénitence qu'elle aurait souhaitée. Elle disait : "Dai !" dans un soupir.

Quand elle me prenait dans ses bras, c'était toujours d'une façon bizarre. Elle posait ses mains sur mes épaules, et ses doigts me tiraient vers elle. En même temps, ses paumes m'empêchaient d'être tout contre sa poitrine. Je me disais chaque fois : Ce coup-ci, elle va m'écraser contre elle. Je me souviens combien c'était là une espérance inouïe. J'en aurais dansé. Mais il n'y avait jamais d'abandon.

A quoi ressemblait mon père ? C'était la guerre, alors les photos... Il devait être noiraud et court de taille, comme moi. Ma mère, une vraie Vénitienne. Mince et blonde. A l'âge de quarante ans, elle avait gardé une silhouette gracieuse malgré son travail.

En moins intense, les gestes et les regards de Mme de L. étaient les mêmes que ceux de ma mère. Même mélange de bonté et de pitié. A mes anniversaires, à Noël, ces regards me déroutaient.

Je n'osais pas m'interroger.

Les L. avaient une fille unique, Laurence, de douze ans mon aînée. Quand elle venait, je ne la croisais jamais. Soudain je devais aider la concierge à la cuisine ou à la couture. Après la visite de Laurence, ma mère venait me chercher. La concierge disait que j'avais fini, que je l'avais bien aidée.

Le mari de Mme de L. était celui qui me gratifiait du regard le moins triste. Il prenait son temps, il était encourageant. Je devais enfler de reconnaissance. Je lui souriais. Yeux baissés. Je restais aussi immobile que possible, pour que son regard se prolonge. Une sensation particulière me pénétrait, une sorte de certitude.

A douze ans, je me retrouve à Sainte-Thérèse, une institution pour filles de riches. Aux occasions où nous troquions l'uniforme pour un habit de fête, je fis illusion quelques mois. Ma mère avait reçu la garde-robe de Laurence. Puis ça se sut.

Première rencontre avec Paule à la fête de Noël. Plusieurs filles de ma classe me poussent vers elle en s'esclaffant. Paule était nouvelle. Je les vois venir de loin. Une fille à côté d'elle lève le menton dans ma direction, l'air de dire : "Tiens, justement, la voilà." Paule me dévisage, incline sa tête vers l'arrière. Elle me toise. Elle a une demi-tête de plus que moi. Elle est carrée d'épaules. Elle a déjà de gros seins. Elle doit faire deux fois mon poids. "C'est toi Anna ?" Devant mon air perdu, la fille qui l'accompagne sourit bêtement. "La ferme !" lui dit Paule. Paule et moi, nous étions des pauvres déguisées en riches. Ça sautait aux yeux. Belles robes et accessoires branlants. Paule et son châle hideux, moi des chaussures trop grandes, pas assorties, on aurait dit Daisy Duck.

L'autre fille avait déguerpi. Paule ne me lâchait pas du regard. Elle inclina encore plus la tête vers l'arrière, comme l'avait fait l'autre fille pour me désigner du menton. Elle me dit : "C'est qui ton père ?" Je lui fais : "Il est mort à la guerre. – C'est ça, merci pour la France. Le mien est chirurgien, deux enfants, marié, mais pas à ma mère. Et moi je suis une bâtarde. Une bâtouse. Et toi tu es fille de marquis ?" Elle tourne les talons. Cette nuit-là, je n'ai pas fermé l'œil. Vacances de Noël à Deauville.

Au premier jour de la rentrée, elle m'attend à la sortie de ma leçon de piano. Debout dans le couloir, on aurait dit qu'elle allait m'engueuler, comme si j'étais en retard. Elle me fait : "Je ne voulais pas te blesser, pour ton père." Elle me dévisage et tourne encore les talons. Après ça, je pense à elle toute la semaine.

Les cours de piano avaient lieu dans une petite pièce située au rez-de-chaussée de l'école, près des vestiaires. Paule est devant la porte. Elle me montre les vestiaires du menton, elle fait : "Viens." Je la suis. Mon cœur bat comme s'il était devenu fou. Les vestiaires étaient vides et sombres. Elle ferme la porte, elle me dit : "Tu as jamais embrassé un garçon ?" Le non me reste dans la gorge. "Je te montre." Je ne bouge pas. "Tu veux apprendre, oui ou non ?" J'étais le dos contre les casiers du vestiaire. Elle prend mon visage dans ses mains. En même temps que les bras de Paule sont fermes, ses mains sont caressantes. Elle doit baisser la tête. Elle approche ses lèvres des miennes. J'entrouvre. Elle met la langue. Une douceur. Son regard, ses lèvres, ses mains, sa langue. Elle lâche mon visage, je ne recule pas, alors elle pose ses mains sur ma poitrine, elle tient mes petits seins. Elle les presse. Nous restons un temps infini. Je ne bouge pas. Les pointes durcissent sous ma blouse grise.

Comme si ma vie explosait, d'un coup. Je raconte à R. les secousses. La seule belle chose dans ma vie d'enfant. Le reste, il n'y a pas de reste. Il n'y a que Paule, sa langue, mon âme.

"Vous avez eu de la chance, m'a dit R., c'est une belle histoire."

La salle de piano, c'était la seule pièce de l'école avec une porte munie d'un verrou, pour ne pas être dérangé pendant les cours ou l'étude. Il n'y avait pas moyen de savoir si la pièce était occupée, sauf en tendant l'oreille. Avant qu'on ne pose un verrou, les dérangements brusques, c'était la règle. Paule obtient que nous fassions un quatre-mains. Je raconte à R. : Un jour que nous sortions de la pièce, la prof de français dit en souriant, mi-figue, mi-raisin : "C'était vraiment très piano, *votre morceau." La remarque nous fait rire. Là nous étions vraiment heureuses.*

Aldo quitta le canapé rouge et se dirigea à pas lents vers la salle de bains. Il s'observa dans le grand miroir. A qui ressemblait-il ? A quoi ressemblait son père ? Ressemblait, avait ressemblé, il n'en savait rien. Il avait le visage défait, les yeux rouges de larmes. Et honte de lui. Il s'essuya les yeux. Des deux mains il s'aspergea le visage d'eau froide. Il rangea avec soin les feuillets dans le coffre. Il en reprendrait la lecture après l'interview.

Il regarda sa montre. Une heure moins cinq. La deuxième liasse lui avait paru peu épaisse. Il avait le temps de vite la lire. Il ouvrit à nouveau l'armoire et la retira du coffre.

Plusieurs séances sur la mort de ma mère.

31 mai 1957, dix jours après mon anniversaire (dix-sept ans). Au moins deux-trois fois par semaine, nous restions une demi-heure dans la salle de piano. Nous allions faire nos "quatre-mains". Paule décidait. Elle détachait sa bouche de la mienne et disait : "Allez, on joue." On jouait. D'un coup elle disait : "On s'entraîne", des fois en souriant, d'autres fois avec un air sérieux, forcé ; elle fronçait les sourcils, au bord du rire. D'autres fois avec une ombre dans le regard. Je faisais comme elle disait : Ta bouche peut sucer ou caresser. Tu peux sucer ma langue, ma lèvre supérieure, ou ma lèvre inférieure. Tu prends à peine avec tes lèvres. Tu dois me faire sentir au bord du précipice, comme si tu es à une seconde de me lâcher. Même chose si tu caresses, ta langue doit être très légère, une plume. Je dois toujours avoir peur que tu ne t'échappes.

Paule montrait les caresses. Je quittais Paule en mille morceaux.

A l'époque où l'école était encore un couvent, la salle de piano faisait partie des sanitaires. Pour ça, elle était équipée d'un lavabo avec miroir. C'était pratique, nous pouvions nous recoiffer. Elle était à côté des vestiaires et des toilettes. Il y régnait une atmosphère bizarre, une odeur légère de latrines et d'humidité. L'odeur ne me gênait pas.

J'arrivais à la maison, morte de peur.

Le 31 mai j'ouvre la porte. Mme de L. était assise à l'entrée, là où s'asseyait ma mère. J'ai très peur. Très vite c'est l'incompréhension. Son regard ne cadre pas. Elle se lève, je crois qu'elle va me prendre dans ses bras, mais non, elle me caresse la joue, me fait asseoir face à elle. "Maman est partie." Je ne saisis pas. Puis je comprends. Il est arrivé quelque chose. J'avais échappé à la vigilance. J'étais si soulagée. Durant quelques instants le soulagement de ne pas être grondée masque mon chagrin.

"Elle est morte de tristesse", dit Madame.

Morte d'un coup, affaissée à l'âge de quarante-huit ans, arrêt cardiaque. Comme une vieille. J'éclate en sanglots. Morte de quelle tristesse ? Si elle avait su, pour mes quatre-mains, elle aurait parlé. C'est Rey qui le dit. Ma mère, mère abandonnée, bon, mais elle vivait dans l'honneur. Mon père était mort pour la patrie. On meurt de ça ?

Les L. m'installent dans la chambre de Laurence. Ce soir-là, je prends le repas avec eux. La concierge monte servir. Ma mère est morte un vendredi. On l'enterre le mardi. A l'église Notre-Dame-de-l'Assomption, le curé évoque "la vie courageuse de Susanna Neri, partie se reposer trop tôt dans la paix du Seigneur". L'église est pratiquement vide. Il y a Paule, sœur Marie des Anges, la directrice de Sainte-Thérèse, les L., quelques bonnes des voisins. Madame était seule à ne pas avoir les yeux secs. Un sanglot la secoue. Son mari lui entoure les épaules de son bras droit. Elle lui répond par un geste de refus. Il retire son bras. Moi, je n'arrive pas à pleurer. Je ne comprends pas. Je me sens en dehors.

Je demande à R : Pourquoi je n'étais pas plus triste ? Il me dit que je l'étais plus que je ne le pensais. Paule occupait mes esprits. En septembre, j'entrais en terminale. Et ensuite ?

Pour l'été, les L. décident de me mettre en internat aux Iris, à La Bourboule. Trois semaines séparaient l'enterrement des vacances d'été. Les repas du soir, je les prends toujours avec eux. On parle de la vie qui m'attend l'été. Les semaines avant les vacances, j'augmente les quatre-mains avec Paule. La séparation qui s'annonce, elle m'est insupportable. A la rentrée je n'habiterai plus chez les L., je serai en internat. Je ne verrai plus Paule. Nos rôles s'inversent. Paule subit mes gestes. Ses yeux, je me souviens combien j'étais heureuse, j'y voyais une espèce de gratitude. Ça me fait drôle. Le lendemain de l'enterrement, nous nous retrouvons dans la salle de piano. Je déshabille Paule. Au bout d'un quart d'heure, nous sommes complètement nues. Mes mains s'échappent, farfouillent Paule. Dans ses yeux je vois la surprise. Ça me rend heureuse comme c'est pas possible. Je me sens forte.

R. me dit que Paule m'a aidée à exister. "Elle vous a aimée."

Les L. passent l'été à Deauville. Avec ma mère, nous les accompagnions, mais maintenant sans ma mère, ils ne me veulent pas dans leurs pattes. R. dit que c'était normal. Les Iris, c'est l'internat pour filles pauvres et honorables. Plein de grosses. Mesdemoiselles, tenez votre rang.

Fin juillet, Laurence se fiance sans crier gare. A vingt-neuf ans, on n'hésite plus. Les L. font ça à Deauville. La directrice des Iris me présente le voyage comme une faveur.

Je dois retourner à Paris d'abord. Je passe boulevard de Montmorency chercher une robe. Dans l'autobus qui me conduit de la gare de Deauville au boulevard Mauger, où habitaient les L., je me dis : C'est absurde. Ça me réjouit. Je souris.

Les fiançailles avaient lieu le lendemain, un 31 juillet. J'entre par la porte de la cuisine. La maison est vide. Ils déjeunent tous au Normandy. La salle à manger est décorée de photos de Laurence encadrées d'argent. Laurence enfant, Laurence bébé, Laurence au tennis, Laurence à son premier bal.

D'un coup, un malaise. J'ai envie de vomir. Dans l'un des cadres, sur la desserte, une photo que je n'avais jamais vue. Laurence est debout devant un très grand escalier de marbre. Elle porte la robe que j'ai dans la valise. Je me dis : "Voilà ce qui me gênait, c'est la robe, ça va passer." Mais rien. Il y a autre chose. Je reste devant la photo, aux aguets. Et puis l'horreur qui s'abat. L'envie de pleurer, de hurler. Un sentiment de dégoût. On a triché. Une farce sinistre. Nauséabonde. La vie qui s'écroule.

La fille sur la photo a l'âge que j'ai maintenant. Cette photo, elle a été faite, je devais avoir cinq ans. C'est moi.

Petite de taille, noiraude, le nez très pointu, le menton en triangle, les lèvres ourlées, les yeux bridés, c'était moi. C'était Laurence. C'était moi.

La sonnerie du téléphone le fit sursauter. C'était le concierge.

— La journaliste de France-Inter est arrivée, maître, elle vous attend au bar de l'hôtel.

Aldo posa les feuillets sur la table basse. Qu'avait-il fait pour savoir ? L'idée qu'il ait pu être un fils ingrat ne l'avait jamais effleuré.

"Il grande Cagliostro", magicien international, lui disait sa mère quand il était petit, "un grand artiste". La seule trace du "grande Cagliostro" qu'il avait trouvée, au hasard d'un concert à Amsterdam, était une annonce avec photo dans le *Telegraaf*. Elle figurait sur la page des spectacles que son agent lui avait déposée à son hôtel, et sur laquelle son concert était annoncé. La photo montrait "De beroemde Cagliostro", une sorte de géant noiraud et barbu.

Sa mère était petite, fluette et brune. Lui-même était de taille plutôt petite, très blond, mince et très agile. Ses yeux étaient d'un bleu si clair qu'ils paraissaient presque blancs. Avoir un géant noiraud pour papa lui semblait incongru. Et puis la marionnette de son père avec laquelle sa mère l'avait fait rire, jusqu'au drame, avait les yeux bleus. Il s'en souvenait très bien.

Il retourna dans la salle de bains et s'observa dans le miroir. Il pourrait prétexter le décalage horaire. Il se dirigea vers la porte. La main sur la poignée, il changea d'avis et décida de lire la fin de la liasse avant de descendre.

Mon père, héros de la Résistance mort avant d'avoir pu épouser ma mère, c'était du bidon. Mon père, c'était L., bourgeois habitant un huit-pièces boulevard de Montmorency, fabricant de dragées dans la banlieue parisienne. Un riche rusé qui a sauté la petite bonne italienne. Ils ont cherché à réparer. En refilant les vieilles robes à la bâtarde et en l'inscrivant chez les sœurs.

Depuis mon arrivée à la villa, je n'avais pas posé ma valise. J'ai rebroussé chemin, pris le bus à l'arrêt boulevard Mauger. A la gare de Deauville, il n'y avait plus de train jusqu'à huit heures du soir. C'était quatre heures. Je me suis assise dans la salle d'attente. Je me disais : Tu mérites un diplôme de connerie.

De Paris je téléphone à Deauville. C'est Monsieur. Une indisposition m'a bloquée à mi-chemin, je viens demain si les choses s'arrangent. Monsieur mon père, glorieux trou du cul de Monsieur mon père, se montre compréhensif. Peut-être que je n'assisterai pas aux fiançailles de sa fille, ce serait si dommage.

Le lendemain, 31 juillet, samedi. L'annonce, je l'ai sous les yeux : "Urgent – pension de famille, haut standing, cherche gouvernante-femme de chambre. Logée nourrie, bons gages. Téléphoner RAS-4218, demander Mme Marguerite." Je me dis : Femme de chambre et gouvernante, ça ne colle pas. Gouvernante, c'est pour être là après les heures de ménage.

13 h 00

JE NE VOUS dérangerai pas longtemps, j'ai droit à cinq-six minutes d'antenne.

— C'est parfait, dit Aldo.

Ils s'étaient installés dans la petite alcôve attenante au bar de l'hôtel. La journaliste fouillait dans son sac. Elle avait posé ses lunettes de presbyte en bout de nez, et Aldo s'attendait à ce qu'elles tombent dans le sac à tout moment.

Elle en sortit enfin un enregistreur minuscule et y introduisit une fiche qui réunissait deux fils. A l'extrémité de chaque fil, un petit micro était accroché à une pince.

Les clients du bar dévisageaient Aldo. S'il était interviewé, c'est qu'il était célèbre. Un couple d'Américains dans la cinquantaine mourait d'envie de lier conversation : "Who is this guy ?" demanda le mari. Aldo suggéra à la journaliste de faire l'interview dans un endroit plus tranquille, mais la journaliste préféra rester au bar :

— Un fond sonore de conversations, cela donne de la spontanéité, c'est très bon pour l'interview, je vous assure.

— Parfait, dit encore Aldo.

— C'est quand même plus agréable à trimballer que les Nagra, dit la journaliste en désignant son enregistreur d'un geste.

Elle ajouta :

— On fait un essai ? Dites quelques mots. Merci, c'est parfait. On y va. Aldo Neri, bonjour.

— Bonjour.

— Vous voici de retour à Paris, après trois ans d'absence. Vous nous boudez ?

Aldo regretta déjà d'avoir accepté l'interview.

— Je devais jouer l'année passée, avec le Philharmonique de Radio-France. Une crise d'asthme m'avait cloué au lit, ici même.

— Aldo Neri, pourquoi le choix du concerto de Beethoven ?

Elle a lu l'article du *Figaro*, se dit Aldo.

La journaliste enchaîna :

— Vous êtes plutôt un technicien, non ? Je rappelle pour nos auditeurs le programme de ce soir, qui débute donc à vingt heures au Théâtre des Champs-Elysées. L'Orchestre de la Suisse romande, sous la direction de son chef Marek Janowski, donnera en première partie les *Danses de Galánta*, de Kodály, suivies du *Concerto en ré majeur* de Beethoven, le seul concerto pour violon qu'il ait composé du reste, avec en soliste Aldo Neri, et puis en deuxième partie la *Cinquième symphonie* de Tchaïkovski. Donc je disais, vous êtes plutôt un technicien, je crois ?

Une peau de vache, se dit Aldo.

— Posséder une bonne technique, ce n'est pas forcément un handicap, c'est comme bien connaître une langue. Cela permet de mieux exprimer des sentiments…

— Justement, il y a vingt ans, on disait : Aldo Neri est l'un des plus brillants techniciens de sa génération, ce qu'il fait est déjà extraordinaire, il faut lui laisser le temps de se densifier, aujourd'hui, certains critiques pensent que le voyage espéré par beaucoup n'a pas eu lieu, que vous êtes resté avant tout un technicien, grand certes, mais voilà, on a souvent le sentiment que vous vous refusez à l'abandon. Est-ce qu'il y a chez vous un désir de contrôle qui prend le pas sur la libération ? En même temps, les yeux fermés… Que penser ?… Aldo Neri ?

Il aurait dû annuler, prétexter une indisposition.

— On peut faire une pause ?

Elle eut un geste de surprise.

— Bien sûr, on reprendra avec votre réponse.

Il aurait fallu interrompre une heure durant, le temps qu'il fasse un tour à pied, qu'il se ressaisisse. Attendre une minute ou deux, ou cinq, à quoi bon ? Il indiqua qu'il était prêt.

— Vous avez sans doute raison, dit Aldo.

La journaliste haussa les sourcils. Il poursuivit :

— C'est vrai, quand on ferme les yeux, c'est qu'on ne veut pas voir, on se cache les autres et on se cache aux autres.

Elle l'interrompit :

— J'entendais par là…

— Je vois bien ce que vous entendiez par là. La virtuosité, c'est de la frime. De la poudre aux yeux. Mieux vaut une interprétation imparfaite, des loupés, des fausses notes, mais au moins une émotion, un déchirement…

— Pardon, Aldo Neri, dit la journaliste en riant, on ne connaît pas assez votre sens de l'humour. Vous avez failli me faire marcher. Aldo Neri, parlez-nous de vos débuts. Qu'est-ce qui vous a amené au violon ?

— Je dois tout à un vieux monsieur hongrois qui habitait la pension où travaillait ma mère. Il s'appelait Zoltan Horvath.

— Votre mère était hôtelière, je crois ?

— A la fin de sa vie, elle dirigeait une petite pension. A l'époque, elle y travaillait comme femme de ménage.

— Une belle réussite là aussi, donc, et du côté de votre père ?

Aldo ôta la petite pince qui tenait le micro accroché à sa veste.

— Pardonnez-moi, je reviens dans deux minutes.

La journaliste le regarda faire. Elle était déconcertée.

Il se leva et se dirigea d'un pas rapide vers l'ascenseur, submergé par l'émotion. Dans la chambre, il s'aspergea à nouveau les yeux, se sécha le visage, ouvrit le coffre et sortit l'ensemble des feuillets. Il regarda la pile, la remit dans le coffre et descendit au bar.

La journaliste accrocha le petit micro à sa veste :

— On a presque fini. On reprend à votre réponse. Votre père…

— Mon père était un artiste très complet. A l'ancienne. Il savait tout faire.

— Il était aussi violoniste ?

— Je ne sais pas. Sûrement. Peut-être. Il savait tout faire. Je ne l'ai pas connu.

— Aldo Neri, vous avez une particularité précieuse pour un violoniste… Votre épouse est bien luthière ?

On touche le fond, se dit Aldo.

— Ou l'inverse, ma luthière est mon épouse.

Il sourit. La question racoleuse l'avait détendu. La journaliste attendit la suite, souriant à son tour.

— Dans la vie d'un violoniste, poursuivit Aldo, le luthier est un personnage essentiel. Dans mon cas, si ma luthière m'est plus importante que ma femme, cela ne déclenche pas de crise…

— Parlez-nous de votre violon, justement. C'est un Stradivarius, mais lequel ? Ils ont tous un nom, je crois.

— Le mien est le Litta. Il date de 1689.

— Comment décririez-vous le Litta ?

Il y eut un silence.

— Intense à l'œil, tendre à l'oreille.

Sa voix était sortie cassée.

— Aldo Neri, auriez-vous la gentillesse de répéter en parlant un peu plus fort ? Votre première réponse sera coupée au montage, ne vous inquiétez pas.

Il but un peu d'eau et s'exécuta.

— Un merveilleux violon, donc, dit la journaliste. Je vous remercie. Bon concert, ce soir vingt heures au Théâtre des Champs-Elysées, Aldo Neri et l'Orchestre de la Suisse romande, sous la direction de Marek Janowski.

Elle lui avait tendu un piège. Puis une perche. Dans la tradition : coup de barre à gauche, coup de barre à droite. Il faut voir ce que ça donnera à l'antenne, pensa Aldo.

Et s'il avait répondu :

— Mon père, c'était une marionnette.

— Non ?

— Oui.

— Comment ça ?

— Comme je vous le dis. Une marionnette.

L'année de ses treize ans. L'audition de fin d'année au conservatoire de la rue de Madrid lui avait valu un premier prix. Aldo avait joué la cadence du *Concerto en ré* de Tchaïkovski. Henryk Woehrling l'avait rattrapé sur les marches de la grande volée d'escaliers qui menait de la salle d'audition au foyer. “Vous en avez des atouts ! lui avait dit Woehrling. L'agilité de votre main gauche dépasse l'entendement.” Il l'observa longuement, la main posée sur l'épaule d'Aldo. Son regard était aigu. Il ajouta : “Vous avez démontré une compréhension profonde de l'émotion musicale. Et en plus, vous ne manquez pas d'aplomb.” Aldo avait baissé les yeux. “Je voudrais vous avoir dans ma classe, au conservatoire de Genève.” Puis en souriant : “Vous prenez des airs timides, mais vous êtes un petit dominateur !”

L'invitation tombait bien. Aldo devait quitter la pension. Impérativement. Et vite. Marguerite, la patronne, s'était occupée de tout : l'internat à Genève, le Guarnerius, les master-classes pendant les vacances, l'inscription aux concours internationaux. Elle avait tout examiné, pesé, décidé.

A Genève, ils avaient logé à la pension Saint-Victor, une jolie villa perchée sur les hauts de la ville. Marguerite et lui avaient besogné. Ils s'étaient rendus dans les internats, au conservatoire, dans les magasins des Rues-Basses pour constituer le trousseau d'Aldo, chez le luthier. Pour finir, Marguerite l'avait inscrit à l'Ecole internationale. Elle avait pris sa décision après avoir examiné le problème sous tous ses aspects. "Tu pourras prendre le tram 12 pour aller au conservatoire, tu mettras huit ou dix minutes porte à porte." L'Ecole offrait un programme pour expatriés, léger par comparaison au baccalauréat français. Il permettrait à Aldo de caser ses cinq heures de violon quotidiennes. L'Ecole présentait un autre avantage : elle comptait peu d'internes. Une fois les cours terminés, les lieux étaient calmes, propices à l'étude. Et puis l'ambiance était anglophone. "Plus tard tu pourras lire tes contrats", lui avait dit Marguerite. Elle avait eu l'œil à tout.

Quatre jours à Genève, et ils n'avaient pas chômé. Ils auraient pu être contents, joyeux, même. Pourtant, chaque rencontre, chaque repas, chaque choix débouchait sur la tristesse. Marguerite et lui avaient tourné le dos à sa mère. Il l'avait laissée à terre, KO technique, sonnée par le coup de grâce, Marguerite qui lui volait son Aldo, partait avec lui à Genève, décidait de son avenir, se l'attachait, se l'appropriait pour de bon.

Dans le tram qui les ramenait de l'Ecole au centre-ville, ils étaient assis côte à côte. Aldo regardait devant lui. Marguerite le dévisageait avec une attention infinie. Aldo avait surpris son regard. Elle avait détourné le visage en direction de la vitre, puis avait dit très vite : "Ta mère t'aime beaucoup, Aldo." Il n'avait rien répondu. Plus tard, dans un petit restaurant tessinois de la rue Calvin, Marguerite lui avait fait le descriptif du retour d'Anna à la pension, après l'accouchement. "Maman était si contente de t'avoir." Après avoir baissé les yeux, elle avait ajouté : "Chacun aime à sa façon, tu sais." A cet instant, Aldo aurait souhaité que Marguerite fût sa mère. Tout aurait été si simple.

Au moment des adieux, Marguerite lui avait demandé : "Tu veux que je dise quelque chose à maman ?" Il avait répondu : "Dis-lui que je pense à elle tout le temps." Marguerite baissa les paupières. Elle les tint closes un long instant.

Aldo avait accueilli la solitude de l'internat avec intelligence. Il savait qu'elle seule pouvait l'aider à découvrir son violon jusque dans son intimité. Jusqu'à ce qu'il réponde à ses propres insuffisances. Qu'il se comporte en ami, adapte ses sonorités, vibre sous ses coups d'archet avec docilité. Au fil des ans, sa relation avec son instrument se solidifia, par une suite de compréhensions, de rejets, d'angoisses, de blessures et de retrouvailles.

Au concours Reine-Elisabeth de Bruxelles, il obtint le premier prix. Sa carrière avait alors décollé, et les événements s'étaient succédé de façon extraordinaire et naturelle : concerts dans les salles prestigieuses, travail sous la direction des plus grands chefs, enregistrements d'exception chez les majors du disque, tournées programmées avec une précision militaire, ponctuées d'interviews, de réceptions officielles et de séances de signature. Depuis vingt-quatre ans, une suite de moments forts constellaient la vie d'Aldo comme s'il s'agissait de la chose la plus normale. Avec son instrument, la relation tendue des débuts avait laissé la place à une entente lisse. Son violon et lui étaient pareils à ces couples que l'on montre en disant : Ils étaient faits l'un pour l'autre.

Sa rencontre avec Rose avait eu lieu l'année du concours, dans les coulisses du Victoria-Hall. Aldo avait vingt et un ans. Elle en avait dix de plus. Il pensa au corps de Rose. Il traverse le temps, se dit-il. Immuable. Extraordinairement beau. La poitrine toujours aussi pleine et légère. La cambrure d'une jeune sportive. La taille si mince qu'il avait sans cesse envie de la retenir de ses mains. L'émotion chaque nuit renouvelée de la retrouver.

A la générale, le bruit sur la corde de *sol* l'avait rassuré. Un petit rire de dépit lui échappa. Tout foire, se dit Aldo. La générale, l'interview, le violon. Que pourra faire Rose en trois heures ? A peine le temps d'ôter les cordes et le chevalet, puis de les remonter.

Le Guarnerius d'Aldo s'était fracassé. C'était vingt-quatre ans plus tôt, après un concert au Victoria-Hall. Son imprésario venait de lui annoncer une invitation de la Philharmonie de Berlin pour un concert de la série "Jungen Talenten". Les agents du monde entier avaient l'œil sur les jeunes solistes qui faisaient l'objet de telles invitations. Mais Aldo n'était pas disponible à la date proposée. Cela le mit dans tous ses états. Il omit de fermer le couvercle de son étui, et lorsqu'il en saisit la poignée, pour accompagner son agent vers la sortie, l'étui se déplia, et le Guarnerius fut précipité sur le sol de marbre avec un bruit monstrueux, amplifié par la capacité du violon à créer des harmoniques. Le violon était tombé table contre terre, puis avait rebondi avant de s'immobiliser sur le dos. Les cordes n'étaient plus en place. Le chevalet était cassé en deux.

Aldo n'osait pas toucher son instrument. Il entendit une voix douce et âpre qui dit : "Let me see. Je suis luthière." En fait : "Je souies louthière", avec un fort accent américain. C'était Rose. Elle ramassa le violon et en examina la table et le fond à la lumière. "Je pense que demain, il joue", dit-elle. Et elle lui tendit la main : "Je suis Rose McGillis. Bring it tomorrow, we'll take care of it."

Aldo connaissait Rose de vue, ils s'étaient croisés dans les coulisses du Victoria-Hall. Il accepta son invitation. Le lendemain, à son atelier de la rue de la Corraterie, Rose était seule. Elle portait un grand tablier gris qui forçait son âge. Elle semblait aux aguets, raidie comme au garde-à-vous, dans une posture qui exprimait à la fois l'attente et le refus.

— Mon violon, ou ce qu'il en reste, avait dit Aldo en lui tendant son étui.

Elle avait posé le violon sur l'établi, ôté les cordes et observé longuement la table de l'instrument. Le chevalet avait amorti le choc. Il était inutilisable, mais les dégâts s'arrêtaient là.

Rose avait les cheveux gris, un corps de sportive, une douceur triste dans le regard et dans les gestes. Une belle femme sans âge.

— Je voudrais que mon patron l'examine, avait-elle dit. Vous pouvez repasser ?

Chacun eut peur d'inviter l'autre à déjeuner. Le hasard fit qu'ils se retrouvèrent à la terrasse du Dorian, à deux pas de l'atelier. Rose était déjà installée. Aldo prit place à sa table. Il le regretta aussitôt. Aucun des deux n'osait parler. Les gens doivent penser que nous sommes un couple mère-fils qui n'a rien à se dire, pensa Rose.

— Il y a longtemps que vous êtes luthière ?

La question la pinça au cœur. Quel âge lui donnait-il ? Quarante ? Cinquante ? Est-ce qu'on peut être luthière depuis longtemps à trente et un ans ? Elle se mit à pleurer doucement. Elle pensait à Juliet. Morte à trois ans devant leur maison. Rose était au volant et ne l'avait pas vue. “Mommy, mommy.” Ces mots la hantaient, rapportés par ses voisins. Elle n’avait pas pu les entendre. Elle était dans la voiture, vitres fermées.

Elle s’était mise en retard, à faire du lèche-vitrine au shopping center, heureuse de s’ennuyer avec un plaisir caché, de ressentir un petit malaise doux comme le bonheur, si heureuse qu’elle avait oublié d’aller chercher Juliet. Elle s’en était aperçue à son arrivée à la maison. Entretemps ses voisins avaient ramené la fillette.

Je vais vite chercher Juliet. Elle se précipita et fit une marche arrière. Elle sentit un choc à l’arrière. Un petit choc de rien. Mais autant aller voir ce que c’est. Par précaution. Elle ouvrit sa portière et vit sa voisine, le visage entre les mains. Qu’est-ce qu’elle a ? se demande Rose. Rose ne comprend pas. Elle se dirige vers l’arrière de sa voiture. Il y a un petit corps au milieu de la chaussée, un petit corps de petite fille aux cheveux de jais. Mais qu’est-ce qu’il fait là, ce petit corps ? Ce n’est pas sa place ! Il n’a rien à faire là ! Et pourquoi est-ce qu’il ne bouge pas ? Est-ce que quelqu’un peut me dire, mais, s’il vous plaît, pourquoi ce petit corps ne bouge-t-il pas ?

On aurait dit une petite Indienne, à cause de ses cheveux noir charbon, lisses, drus, de ses yeux effilés et perçants. Une petite Indienne qui avant de mourir d'un coup de pare-chocs, un petit coup sec à peine perceptible, courait du matin au soir dans une maison de bois gris cachée au milieu d'autres maisons de bois gris à la lisière d'un campus, une maison minuscule, faite pour y être heureux, si petite que quand on se croisait, les câlins étaient inévitables. Rose préparait son doctorat en musicologie. Il était à portée de main. Une vie sereine, au milieu de livres, de musique, d'étudiants beaux et heureux. Une vie où tout semblait un rêve. Où tout était un rêve. Un mari comme dans les revues. Attentionné, calme. Chercheur en physique. Affectueux. Absent au lit, mais quelle importance ? Est-ce qu'on peut tout avoir dans la vie ? Franchement ? Surtout quand on a une fillette comme dans ces histoires qu'on ne peut croire tant elles sont belles, une fillette au regard fort et grave, fixé sur celui de sa mère, qui disait : "J'ai tout compris, maman. Je suis là, maman." Un regard de grande, qui comprenait tout. Qui rassurait Rose. Rose qui défaillait de plaisir à la laver, la coiffer, l'habiller, qui pouvait tout lui dire, comme à une grande.

Elle avait dû réapprendre à vivre. A penser. Elle s'était reconstruite grâce à la lutherie. Je fais des gestes. Ils suivent des règles. Je répare. Je colle du bois. Entre table et dos, je tends des cordes. Je place l'âme. Je crée une tension énorme. Il faut que je force. J'ose forcer. Je force. Encore. Plus fort. L'âme est en place. Je passe une teinte. Je laisse sécher. Je fabrique un vernis : résine, huile de lin, térébenthine que j'applique avec un chiffon, je frotte, je caresse. Je cherche l'accord. Je gratte. Un son s'élève. Il monte en moi. Il me redresse.

— Pardon, dit Aldo, je ne voulais pas être indiscret.

— C'est le destin qui a été indiscret, pas vous. Il s'est faufilé dans ma vie comme un serpent. Il m'a mordue.

Elle s'était levée. Lorsqu'elle était revenue, deux minutes plus tard, Aldo s'était dit qu'elle avait dû continuer à pleurer aux lavabos tant ses yeux étaient enflés.

— Ne me faites pas raconter. Pas ici, pas maintenant. Quel est votre meilleur concerto ?

— Je suis mal placé pour juger de ce que je joue bien ou mal.

— Non, vous ne m'avez pas comprise. Elle rit : Votre meilleur, I mean, your best, votre préféré.

Aldo sourit. Il réfléchit brièvement.

— Tchaïkovski, le *ré* majeur.

— Dur ?

— Comme ça.

Elle lui avait écrit une longue lettre, deux jours plus tard. Aldo essaya de se souvenir : combien de pages ? Douze ou quinze, d'une écriture tranquille, à l'encre verte. Il n'avait pas compris sa dernière phrase, la seule qu'elle avait écrite en anglais : "I'm not sure you want to see much of me." "Much of me". Il avait cru qu'elle entendait : Vous ne voulez pas voir "beaucoup de moi". Qu'il ne voulait pas qu'elle se dévoile.

C'était vingt-quatre ans plus tôt et les choses n'avaient pas changé. Rose était toujours sans âge. Une allure de jeune fille et des cheveux presque blancs. Une femme blessée à la peau fraîche.

Du bar, Aldo pouvait guetter l'arrivée de Rose.

Rose regarda sa montre. Dans quelques minutes le TGV serait à Paris. Dans une demi-heure elle serait au La Trémoille.

Le voyage s'était mal passé. Elle était allée trois fois au wagon-bar pour ne pas avoir à rester assise.

Elle risquait d'avoir fait le voyage pour rien. La nervosité la traversait par brusques ondées. Elle en cherchait le motif, se raisonnait, réussissait à la calmer peu à peu. Puis l'angoisse revenait.

Le bruit sur le *do*, c'est dans sa tête, se dit Rose. Il faudrait un miracle pour qu'il disparaisse. Elle pensa aux papiers d'Anna. Elle lui avait dit de les jeter. Elle regrettait de l'avoir dit. Elle n'aurait pas dû. Peut-être qu'il l'a fait. Tout serait plus simple. S'il m'a demandé de venir, c'est qu'il me veut près de lui. Elle tremblait toujours de le décevoir.

Elle lui avait réparé le Guarnerius. Un bouquet de cinq roses : Parce que c'est votre nom, avait dit Aldo. Des mots d'enfant. Le premier été passé à raconter ses cicatrices. A se découvrir, à coups de "moi aussi", à se voir sous mille prétextes : j'aimerais te montrer quelque chose à l'atelier. Tu fais quoi à midi ? Tu as vu ce film ?

Un été passé à avoir peur d'un frôlement de mains. A éviter de se regarder. A avoir le cœur qui bat la chamade sans comprendre si c'est de panique ou de bonheur. Avoir peur d'avoir envie. Peur de trahir. Peur d'être consolé.

Elle se jeta à l'eau un dimanche matin. Ils prenaient un petit-déjeuner sur une terrasse à Carouge. "Ce soir on fait l'amour. Tu veux ?" Il n'avait pas eu à baisser les yeux. Ils l'étaient déjà. Il fit oui de la tête. Ils étaient restés muets de longues minutes, puis Rose avait dit :

— On y va ?

— Maintenant ?

— Si on attend jusqu'au soir, ce sera plus difficile.

Ils étaient allés chez Rose. Elle avait baissé le store. Premier baiser, premières caresses avant de se déshabiller. Aldo avait voulu la pénétrer tout de suite. Il n'y parvint pas. Elle prit sur elle : J'ai besoin de temps. Ils étaient restés sous les draps, à faire semblant de dormir. Une demi-heure plus tard, elle avait allumé sa lampe de chevet. Elle s'était mise debout, devant lui, sans se rhabiller.

Rose observe par la fenêtre la banlieue qui défile et annonce l'arrivée en gare de Lyon. Elle se lève, se rend compte qu'elle est la seule à être debout et se rassoit.

Elle avait allumé la lampe de chevet et s'était mise debout, nue. En vingt-quatre ans, cela avait été son geste le plus audacieux. L'échec d'Aldo lui avait donné le seul instant d'assurance qu'elle pouvait se rappeler. Elle n'en revenait pas d'avoir pu s'exhiber. Il fallait qu'elle montre son corps. Vite, maintenant. Jambes parfaites, longues et effilées. Ventre plat. Des seins de jeune fille, pleins et légers. Aldo l'avait regardée sans comprendre, le visage tendu, les yeux rivés sur sa poitrine. Comme s'il découvrait l'irréel. Elle lui avait souri : Tu as faim ? Elle était revenue au lit avec des sandwichs. Elle les avait confectionnés à l'américaine, œufs mimosa, lard grillé et mayonnaise. Elle avait forcé sur la mayonnaise. Des sandwichs impossibles à manger sans en mettre partout, sur le menton, sur la poitrine, dans le lit. Impossible à manger sans rire, sans s'esclaffer, sans se disputer les miettes. Elle s'était laissé tomber de l'œuf mimosa sur le ventre. "Sans s'aider des mains !" avait-elle dit. Impossible de ramasser les miettes sans faire l'amour. Elle avait eu mal, mais elle était contente. Pas tout à fait heureuse. Rassurée. Soulagée.

Sa vie, c'était Aldo. Ses violons, ses tournées, ses agents, ses contrats, ses humeurs. Les nuits, c'était une autre vie. Aldo lui faisait l'amour en crève-la-faim, sans égards. Sans geste de la main, après l'amour, pour effleurer une joue. Sans caresse au ventre ou à la cuisse, sans baiser ni mot doux. Sans tendresse.

Rose se dégage d'Aldo. Il se tourne et ne bouge plus. Elle est rassurée. Contente d'avoir eu un peu mal, d'avoir un peu souffert. D'avoir été utile. Pas comblée. Simplement contente de vivre un lien si fort qu'il en rend d'autres inutiles. Ou impossibles.

Elle se dit qu'à défaut ils seraient devenus un de ces couples où rien ne se passe. L'entente de leurs corps les tenait à la fois unis et séparés. On s'entend bien, se disait Rose.

Elle n'était pas plus sûre d'elle qu'au premier déjeuner, sur la terrasse du Dorian. Elle avait appris à l'aimer. Pas à le séduire.

Le taxi déposa Rose à deux heures moins cinq. Du trottoir, elle vit Aldo qui faisait les cent pas dans le hall.

14 h 00

DANS l'ascenseur ils n'avaient pas échangé un mot. Maintenant, ils étaient assis, Rose sur le canapé, Aldo face à elle sur la banquette accolée au lit.

— Tu as fait bon voyage ?

— Très bon.

Elle le sentait à cran.

— Tu as lu ?

— Quelques pages. Une vingtaine. Il y en a encore trois fois autant.

— Tu les as jetées ?

Aldo fit non de la tête.

Elle le chercha des yeux. Il évita son regard.

— Ça t'a apporté quelque chose ?

Il mit du temps à répondre.

— Je n'avais jamais pensé à ma mère enfant.

— Il n'y a pas autre chose ?

Il ne répondit pas.

— Je t'avais dit de jeter.

Il resta silencieux.

— Tu ne dis rien.

— Je vais tout lire, Rose. D'ici ce soir je veux tout lire. Il ajouta : Tu veux me rendre un service ? Occupe-toi de mon violon. Il voulut se rattraper : Quand j'aurai fini, je te donnerai tout. Ça te fera de la lecture dans le TGV.

— Tu préférerais que je ne lise pas ?

— Ça te fera moins d'effet qu'à moi.

— Parce que ce n'est pas de ma mère qu'il s'agit ?

— Parce que les choses t'étonnent rarement.

— Je suis venue pour ton Strad, dit Rose. Joue la note.

Elle approcha son oreille de l'instrument pendant qu'Aldo faisait la note.

— Pour l'instant, je n'entends rien, dit Rose, vas-y encore une fois.

Aldo poussa l'archet de bout en bout sur la corde de *sol*, en donnant au *do* un son blanc, sans vibrato.

— Tu permets que j'essaye ?

Elle prit le Stradivarius, l'accorda à son oreille puis fit vibrer la corde de *sol* sur toute la gamme. Elle n'entendit aucun bruit, pas plus sur le *do* que sur les autres notes.

— Peut-être, effectivement, fit-elle. Quelque chose de très enfoui, très sourd.

— Ah, tu vois bien.

Rose tint le violon à plat sous la lampe de chevet.

— Difficile de dire si la fente s'est ouverte. On va bien voir.

Le téléphone sonna. C'était l'agent d'Aldo :

— L'administrateur de l'orchestre veut te parler d'une tournée. On a vérifié pour les dates, c'est bon. Dans trois ans en septembre, sur dix jours, vous feriez Amsterdam, Vienne, Berlin, Budapest et Athènes. Ils voudraient le Mendelssohn ou le Korngold. Pas le Beethoven.

— Pourquoi ?

— J'imagine qu'il est déjà programmé dans l'une ou l'autre de ces salles à peu près au même moment. Tu vois un problème ?

— La répétition a mal marché ce matin. Dans le *Larghetto*, j'étais mauvais. Les nouvelles vont vite.

— Je suis sûr que ce n'est pas ça. On se voit ce soir. Ce sera un triomphe. Allez, in bocca lupo.

Il avait utilisé cette formule par laquelle, en italien, on souhaite bonne chance à un artiste avant son spectacle.

— Crepi il lupo, répondit Aldo, que crève le loup.

Il raccrocha. Rose s'était installée dans la salle de bains. Aldo se dirigea vers le coffre. Il s'apprêtait à retirer la pile de feuillets.

— Tu avais raison, lui cria Rose.

— Alors ? Elle s'est bien ouverte ?

Rose entrouvrit la porte de la salle de bains :

— C'est presque rien, dit-elle, mais je l'ai testée, tu avais raison. J'ôte les cordes et le chevalet, je replace l'âme. A cinq heures ton violon sera prêt.

Elle mentait. Le violon n'avait rien. Le vernis était un peu passé, c'était tout. Elle ferma la porte de la salle de bains à clé. Elle abaissa le couvercle de la cuvette et s'assit. Un petit mensonge de rien du tout. Une broutille. Ce qu'il fallait dire pour rassurer Aldo. Mais le mensonge l'avait désemparée.

Elle se leva et se mit debout devant le lavabo. Elle vit une femme aux cheveux blancs, fatiguée, la mine défaite. Elle fit passer son pull par-dessus la tête et ôta son soutien-gorge. Elle regarda ses seins. Elle les souleva de ses paumes, puis les laissa retomber. Elle se mit à pleurer. Elle se sentait inutile.

Elle se rhabilla et détendit les cordes.

Aldo avait retiré les liasses du coffre. Il reprit la lecture.

A neuf heures, j'appelle. A onze heures, je sonne. La pension est au premier, elle occupe tout l'étage. 71, boulevard Raspail. Mme Marguerite, la soixantaine, cheveux gris-blanc très frisés, dents horribles, tout en avant de la mâchoire supérieure. Elles faisaient comme une grille qui se pose sur la lèvre du bas. Des yeux petits presque noirs. Le jarret sec, on aurait dit du bois. Une vieille bique. Intarissable, en plus. Elle me fait asseoir dans la salle à manger. La fille qui occupait le poste a fugué. "Comme quoi…" Je ne saisis pas ce qu'elle veut dire.

Je raconte à R. et je souris, tant j'ai aimé Mme Marguerite. Et puis je l'ai bien haïe.

Les souvenirs de mon premier jour à la pension me viennent avec douceur.

Marguerite parle avec un accent des Franches-Montagnes, c'est quelque chose. Elle veut tout dire, mais lente ! Veuve d'un médecin qui l'a épousée en secondes noces. Il avait deux enfants d'un premier mariage. Son mari est mort un an avant la fin de la guerre. Elle a reçu l'appartement et le cabinet qui complétait l'étage. Elle a transformé le tout en pension.

Elle veut tout raconter. L'appartement principal, c'est quatre chambres pour quatre pensionnaires, un salon et une salle à manger, deux waters, une salle de bains. Le cabinet compte un salon (la chambre de la bique), deux chambres minuscules pour deux pensionnaires, mais alors vraiment petites (je vous en dirai deux mots, elle ajoute), une cuisine transformée (ma chambre), un water et une salle d'eau.

Elle me décrit mon travail. Je prépare le petit-déjeuner pour sept heures, mais pas pour les deux pensionnaires qui logent au cabinet. Elle m'en dira deux mots, elle répète, et prend un air de confidence : Vous comprenez, pour que ça tourne, une pension, il faut que les horaires s'imbriquent, vous voyez ? Comme quoi…

Après le petit-déjeuner, vous faites les lits, puis la salle de bains et les waters. Au cabinet, vous faites le ménage après le déjeuner de midi.

J'aimais bien comme Marguerite disait tout ce que je devais faire.

A midi, c'est-à-dire (elle fait : ç'ta diiire) à treize heures, nous sommes au complet, sept à table. Je fais la cuisine, vous, vous dressez la table, vous apportez les plats que vous posez à ma gauche. Je sers chacun. Et vous desservez. Comme quoi… Elle fait des "comme quoi" pleins de sous-entendus, ils finissent en suspension. Les repas (elle disait : lèrpas), c'est quasi toujours pareil : à midi, soupe, puis rôti ou poisson le vendredi, et un fruit. Le soir : toujours une soupe, en général la même qu'à midi, puis un gratin (au lard, au fromage, au jambon, un bon gratin, vous voyez, quelquefois avec les restes du midi). Une compote de fruits (oui, tous les soirs, comme quoi...). Et le dimanche, rien que le petit-déjeuner, comme quoi chacun est libre d'aller-venir, fréquenter, ma fi, c'est normal.

Et là elle sourit pour la première fois de toutes ses dents en arc de cercle, une vraie couronne, posée sur la lèvre avec la marque en permanence. Elle ajoute : Aujourd'hui c'est moi qui fais les chambres. Là, on sent qu'elle est de bonne humeur. Mais si vous voulez commencer à servir à midi, je vous compte vos gages dès ce matin. C'est vingt mille logée et nourrie, mais pas le dimanche, sauf le petit-déjeuner. Ça vous va ? Je hoche la tête. L'après-midi, vous avez deux heures, de trois à cinq. Puis vous m'aidez à la lingerie et vous préparez la table du soir. A neuf heures le repas est terminé et vous reprenez votre service à six heures trente. Vous préparez le petit-déjeuner, puis le ménage, et ainsi de suite.

Elle fait : Ce midi nous allons dresser la table ensemble. Pendant qu'on pose les couverts j'entends des va-et-vient. Le vaisselier est dans la salle à manger, la porte est fermée, si bien que je ne vois personne.

A treize heures elle ouvre les deux battants qui séparent la salle à manger du salon, et fait : Tout le monde est là, comme quoi... Voilà, c'est Anna, qui va s'occuper de vous, il faudra être très gentille. Je découvre un monde. De toutes mes forces je veux lui appartenir.

Un petit monsieur vêtu d'un complet noir, chemise blanche, cravate noire, me tend la main. C'est M. Zoltan. Il fait : "Kè bééla ragazza." Il ne manque pas une occasion d'être galant, fait une dame. Elle, elle a la quarantaine, c'est la plus jeune. La bique présente tout le monde. Elle commence par l'élégante. "Mlle Annette – tiens, elle porte le même prénom que vous, comme quoi... –, Mlle Annette est dame de compagnie. C'est une personne très cultivée." L'élégante sourit bêtement. La bique ajoute qu'Annette travaille pour une baronne belge qui habite le Lutetia. C'est évident que ça l'épate. Et puis elle fait, avec un sourire bizarre : "Elle prend son service l'après-midi et termine souvent très tard le soir." Je me dis : Là, il y a quelque chose à comprendre.

Plus tard, j'ai su : Annette avait passé dix ans dans les ordres. Chassée après une affaire avec une autre nonne. A sa baronne belge, elle fait office de bouillotte. A côté d'Annette (à sa droite) il y avait Hélène, la cousine de Marguerite, employée en préfecture. Habillée de noir. Le regard qu'elle pose sur Annette, lorsque la bique fait allusion à ses heures supplémentaires, en dit long. M. Zoltan était le troisième des pensionnaires réguliers. Violoniste. "Et même concertiste", comme il dit très vite. Il ajoute : "Vous savez, chaque Hongrois s'invente des ancêtres aristocrates. Moi, je m'invente un passé d'artiste..." Je le regardais sans comprendre. Il sourit, ajoute : "Mais non, bella, qu'il prononçait toujours bèèla, je plaisante, cèè vrè, j'étais vrèèment concertiste." Chassé de Budapest par l'invasion de 1956. Il joue chez Raspoutine, musique tzigane. A sa droite, Georgette. Grosse. Bien soixante ans, courte de taille, mais jolie, coquette. Rousse, avec une voix de tête et un petit rire qui fuse.

Je l'ai adorée, Georgette. Elle a appris le chant, mais sa carrière n'avait rien donné, à la fin l'Opéra-Comique l'engage comme costumière. Veuve d'un marin de la Royale, un amour sans partage. Pas d'enfant. Une fin d'après-midi, bien plus tard, comme elle cousait la marionnette de Cagliostro, elle me dit : "Je n'ai connu qu'un seul homme, j'en remercie le bon Dieu chaque jour." Quand elle se rendait compte qu'on la menait en bateau, elle s'exclamait : "Oh là là, vous alors !"

Je raconte à R. Prise dans un vent de bonheur. Pourquoi ? Il ne dit rien. Je ne peux pas capter son regard. J'insiste, je fais : Passer bonniche, c'est pourtant pas une promo. Ça ne vous paraît pas bizarre ? Il bouge sur sa chaise, lâche en marmonnant : Non, plutôt le contraire. Ces gens avaient besoin de vous. Et puis, vous étiez heureuse. La preuve, il fait, c'est votre plaisir à me raconter la pension. Là il dit juste.

La bique m'explique, pour les deux chambres minuscules. Elle a fait un arrangement avec le Don Camilo. C'est à deux pas, vous vous rendez compte ! Ils disposent des deux chambres pour y loger des artistes qui font la tourne. Les contrats sont au mois. Elle m'explique les mérites de l'arrangement : sous prétexte du dérangement la nuit, elle compte des frais de pension plus élevés. Les artistes se lèvent vers onze heures-midi, ça lui facilite l'usage du bain et des waters.

Il y a autre chose : la bique aime bien les gens du spectacle. Elle a un faible pour les prestidigitateurs, elle ne se gêne pas pour le rappeler à la direction du music-hall. Le jour où j'arrive, il y a un contorsionniste et un danseur de claquettes, des Slovènes qui parlaient trois mots d'allemand. Ma vie sera tissée à celle de ces gens. Et à celle de Cagliostro.

Je raconte le premier repas à R. Marguerite, c'est une langue de vipère, elle bouscule tout le monde. Chacun se défend, cherche des appuis. Elle a sa bouteille. Elle est la seule à boire. Marguerite m'a l'air imbibée, elle se lâche, mais à la fin chacun est content. Même Hélène. Elle se déride. Je fais les va-et-vient à la cuisine avec plaisir.

Je dis à Rey : J'ai senti un bien-être.

Quand Mlle Annette quitte la table avant le dessert, Hélène fait toujours la gueule. "Elle reviendra en chair et en os, poussez pas cette tête", lui lance chaque fois la bique. Surtout en chèère, dit Zoltan. Tout le monde rit, Hélène esquisse un sourire. Quand ils voient les autres rire, les deux artistes sourient, l'air un peu crétins.

Je vais boulevard de Montmorency chercher mes affaires. Je m'arrête devant la porte de l'immeuble. Ça me fait drôle, c'est la dernière fois. Je regarde la petite plaque qui marque le numéro de l'immeuble. 1 bis. Eh bien, je me dis, fini, terminé, il n'y aura pas de bis. Je monte.

Je laisse un mot aux L. Je dis : J'ai décidé de travailler. Je mets : "Je laisse les habits de ma sœur", des fois qu'ils n'auraient pas saisi. Dans le métro, au retour, je pleure comme une conne. Pourquoi ma mère est restée là ? Je me dis : Tu aurais voulu qu'elle fasse quoi ? Qu'elle s'installe à Monte-Carlo ? J'ai honte. Il continuait à se l'envoyer, mon paternel ? Depuis quand ? Mme de L. sait sûrement. Et Laurence ?

Ma mère est morte de honte. Pas de chagrin. De fatigue à force d'avoir honte.

A la pension, je pose ma valise et je file chez Paule, rue des Feuillantines. Je trouve la concierge. Paule et sa mère sont parties à La Bourboule ! Paule et sa mère font de l'asthme. La poisse ! Elles seront de retour après le 15. Je veux laisser un mot. La concierge me donne de quoi écrire. Pour l'enveloppe, je dois insister. "Mon père mort à la guerre, c'était du bidon. Je te raconterai. Je t'embrasse."

J'aide la bique au repassage. Je repasse bien. Elle est contente. Les chambres des artistes, on les fait l'après-midi. Elle me *montre comment on plie le drap dans les coins de lit, "à l'infirmière". Le lendemain, au repas de midi, Z. fait la remarque : "Jamais mon lit n'était si parfait." Annette acquiesce, Georgette fait : "Bravo, mademoiselle Anna." J'ai envie de pleurer. De danser.*

Premier dimanche, après le petit-déjeuner. J'ai congé. Je marche jusqu'à la rue des Feuillantines. Je me dis : Des fois qu'elle serait rentrée. Non. Au retour je me trompe de chemin, au lieu de prendre par le boulevard du Montparnasse, je prends Denfert-Rochereau. Le 20, Paule m'appelle, elle vient à la pension le dimanche. Il y a la bique et Zoltan au salon. Je présente Paule et on va chez moi, ma porte a un verrou. "Encore une salle pour quatre-mains", dit Paule. On fait l'amour. Sans douceur.

Je reçois une lettre de Mme de L. Elle me parle du péché, que c'était dur pour elle. Elle s'est efforcée de toujours être généreuse. Je raconte avec méchanceté. R. me demande si je leur en veux autant aujourd'hui qu'il y a quarante ans. Je n'arrive pas à répondre.

Georgette m'a fait une robe d'été dans une chute de tissu japonais qui lui était restée d'une Madame Butterfly. *Elle gardait tout. Les bouts de tissus, les petits souvenirs, les histoires. Elle était toujours quelque part. J'ai dit à R. que Georgette, même quand elle était seule, on aurait dit qu'elle n'était pas seule. Il me répond : Vous voulez dire qu'elle n'était jamais solitaire ? Je finis par comprendre. Je ne dis pas à R. que moi, c'est plutôt l'inverse. Ça fait trop bête.*

Un après-midi je suis à la lingerie avec la bique. Voilà qu'elle se lance à chanter : "Non, rien de rien, non, je ne regrette rien." Pas à la Piaf, une voix basse, voilée, style Cora Vaucaire. Du coup elle n'a plus d'accent. Je suis soufflée. Dès qu'elle se rend compte qu'elle n'est pas seule, elle arrête.

Une année, deux, trois. Ça a passé vite. Les pensionnaires, c'est simple, je les aime. La vieille bique s'imbibe de plus en plus, elle devient plus piquante, elle part dans des rires bizarres, chacun l'imite, par soulagement, peut-être par affection. Zoltan ne dort pas plus de quatre heures par nuit. Il est le premier au petit-déjeuner. Il sort son violon de son étui une fois ou deux chaque semaine, joue cinq minutes à peine, et le range, toujours juste après le dessert. Il me fait : "C'est depuis que vous êtes arrivée, bella signorina."

Annette me prête des livres. Hélène me raconte sa vie de fouille-merde, ses contrôles à la préfecture. Elle pointe les factures de repas, d'essence, elle compte les crayons. Elle empoisonne le monde. Elle est contente. J'écoute ses "Non mais vous vous rendez compte". Elle aime. Elle est très amoureuse d'Annette. L'autre chauffe sa baronne.

La bique connaît des chansons par dizaines. Si elle chante quand je suis là, c'est qu'elle s'oublie, elle arrête très vite. Un jour, elle chante Les Feuilles mortes *quand j'entre dans la cuisine. Elle s'interrompt. Je lui vois les larmes. Elle dit : C'est des bêtises, ces chansons. Elles disent toutes la même chose. Pendant qu'elle finit de dégraisser un plat, elle fait : En ce temps-là la vie était plus belle, c'est des sornettes. Moi, j'étais chanteuse. Vous croyez que c'est marrant d'être chanteuse ? R. dit qu'elle devait beaucoup m'aimer.*

Christian, un jongleur roumain, occupe une chambre au cabinet (l'autre chambre est vide, mauvaise passe). Un jour au dessert il dit : "Chacun son fruit, après je dorme." Zoltan dit : "Pour moi, ce sera une banane." La bique : "Une orange." Georgette : "Une petite mandarine, déjà que j'ai trop mangé." Elle rit. Annette prend une pomme. Hélène veut comme Annette. Christian me fait : Et vous, pas faim pour fruit ? Il y a un silence gêné. Je prends mes repas à la cuisine. Je les prendrai toujours là. Les repas avec les L., la charité de table, finis terminés. Christian comprend qu'il a gaffé. Il rigole. Il dit : "Pour toi, banane." Du coup il me tutoie. Il doit penser que bonniche ou saltimbanque, c'est kif-kif. Il retire un à un les fruits de la corbeille. D'un coup ils sont tous en l'air. Ils font comme une guirlande qui serait tenue par ses mains, deux pommes vertes, une orange, une mandarine, et deux bananes que le jongleur fait tournicoter. Tout le monde applaudit.

Même plus tard quand la pension sera à moi, je mangerai seule, en cuisine ou ailleurs.

Les dimanches, je les passe avec Paule. Elle habite chez sa mère, alors elle vient à la pension vers onze heures. Les écoulements de ma chambre, l'ancienne cuisine, sont mal isolés. L'odeur est très légère, mais c'est bien la même, celle des waters. Je dis à R. que l'odeur m'émeut. Il me dit : Elle vous émeut ou elle vous excite ? Je lui réponds : Elle me catapulte. Il ne dit rien. Je cherche chaque dimanche cette odeur dans les cuisses de Paule.

Avec Paule, maintenant c'est plus fort et plus doux. Bizarre. Plus fort pendant les rapports. Elle me fait presque mal. Non, elle me fait mal. Elle commence par en bas, au ventre. Elle remonte jusqu'à ce que ses doigts butent sur mes tétons. Ils sont déjà tout durs. Elle serre les doigts comme un ciseau. Des paumes elle presse. Elle presse et serre de ses doigts. Paule me met la langue. J'existe. Je meurs. Après, c'est plus doux. On est des amies. Pas des amoureuses. Moins qu'avant.

Un jour elle me dit : Tu crois qu'on est gouines ? Je rigole. Je dois avoir l'air idiot. Pas plus lesbienne qu'autre chose. J'aime Paule. Je me dis : Pour les garçons, on verra. Je demande à Rey : J'étais gouine ? Il me dit qu'il ne sait pas. Il ajoute : Je ne crois pas. Vous avez reçu de l'amour. Une question de chance, comme une assiette de soupe qui vient au bon moment, quand on a le ventre creux.

Un soir la bique oublie de sortir le gratin du four. A table, du coup, personne n'a faim, sauf les artistes du mois, deux Turcs qui font un numéro de gymnastique acrobatique. La bique se rassure, dit que ça tombe bien, que pour une fois qu'elle a raté son gratin, personne n'a faim, comme quoi… Je fais comme pour enlever le plat, mais l'un des deux

Turcs, Ali, pas un mot de français, met les bras comme pour me barrer la route. Il fait : "Yok, yok." Tous les deux sont hilares. Ils montrent leurs dents en or comme à la parade. Ils font : "Fen, fen." Ali dit quelque chose et ça fait s'esclaffer l'autre, Erol, qui sait trois mots de français. Georgette lui touche le bras : "Que dit-il ?" Ali rit et répète : "Aç hayvan kuru bok yer." Erol ajoute : "Moi très fen." Georgette n'en démord pas : "Mais que disiez-vous, là, avant ?" Erol répète : "Aç hayvan kuru bok yer." Il cherche du papier sur le vaisselier et l'écrit. Il dit : "Proverbe turc : animal qui a fen mange caca sec." Il s'esclaffe, Ali, et tout le monde avec. La vieille bique se sert un coup de rouge. Les deux Turcs engloutissent le gratin. J'étais heureuse. R. dit que c'était normal. Ils avaient l'appétit, un appétit féroce de la vie.*

Je sens que l'histoire du gratin, ça lui a plu. Je demande à R. : Le proverbe turc, c'est comme l'assiette de soupe ? Le truc qui vient au bon moment ? C'est autre chose, dit R. Vous, c'était beau avec Paule. Je chiale en pensant à Paule. Qu'est-ce qu'elle m'a fait jouir. A l'idée, j'arrête de pleurer, je me mets à rire, j'en reviens

* "Non, non."

pas de penser combien de fois elle m'a fait jouir comme une désespérée. Quand je me calme, R. dit : Vous voyez ! Je ne sais pas ce que je vois. Il attend. Je demande : C'est ça le bonheur ? Jouir à répétition ? Il me dit : Je crois que c'est avoir de l'appétit. Comme les deux Turcs. Ils avaient la force. Il fait une pause, je sens qu'il réfléchit, et puis : Au fond, peut-être que le bonheur, c'est d'avoir envie de courir derrière le bonheur.

L'été j'ai droit à trois semaines de vacances. Je les passe à la pension. Si vous voulez, vous prenez vos repas, dit la bique, puis vous desservez la table du soir. D'accord.

Les matins de vacances je me lève très tôt, je sors marcher, je vais n'importe où, vite. Il y a dans l'air quelque chose de magique. Chaque matin le bonheur. Ça me gifle. Dès que je sors, j'ai l'impression d'avoir de l'avance sur la vie. Je marche très vite. J'entre dans un café. Je demande un journal. Je lis les annonces. J'imagine les destins, comme pour la pension, je fais ça tous les jours. Quand je vois la même annonce passer plusieurs fois, je me dis : Il y a quelque chose qui cloche. J'imagine l'entourloupe, l'offre d'emploi bidon. Pourquoi j'ai un bonheur inouï ? Vous saviez qui vous étiez, dit

R. Je ne comprends pas bien. La pension me tenait. Tout était vrai.

Un jour après le midi, les deux Turcs se chamaillent, une discussion sans fin. Trois fois je passe la tête pour voir s'ils ont terminé. Ça discute sec. A la fin j'entre dans la pièce, je fais : "Je dois ranger." Ali est dans sa tirade. Erol comprend. Il sourit de ses dents en or, passe derrière Ali et empoigne les pieds arrière de la chaise où l'autre est assis. Il lève la chaise à bout de bras, c'est impressionnant. Ali rentre dans le jeu. Il se cale légèrement vers l'arrière, de façon à faciliter l'effort. Erol, l'air de tenir un bouquet, se met à chanter une mélopée. L'autre reprend en chœur, fait claquer ses doigts, en faisant danser ses deux mains :

Üsküdara giderirken altimda bir yagmur,
Kâtibimin setresi uzun, etegi çamur*.

Plus tard ils m'ont appris la chanson. J'aimais ces sons qui venaient du fin fond de la gorge, des sons vrais.

Il imagina sa mère heureuse, en train de lire les petites annonces. De faire les lits, servir, courir de la salle à manger à la cuisine. De faire l'amour avec tante

* "En allant à Scutari, je suis pris par la pluie. La redingote de mon secrétaire est si longue que l'étoffe en est toute boueuse."

Paule. De chanter une mélopée turque. Il posa les notes sur la table basse. Il était en larmes. Il s'allongea à même le couvre-lit et se cacha le visage des mains. Il était épuisé.

Rose devait être en train de sortir la colle d'os du bain-marie.

16 h 00

ALDO était dans son rêve. Il se précipitait dans les bras de tante Marguerite. Il avait trois ou quatre ans. Elle portait ses lunettes cerclées couleur argent, celles qu'elle mettait pour les travaux de couture. Elle souriait, dents à l'air. Elle souriait des yeux, aussi. Elle était accroupie et tenait ses bras grands ouverts. Aldo s'y précipitait. Sa mère regardait la scène et souriait. Aldo riait aux éclats.

— Tu avais commandé ?

Rose avait posé sa main sur l'épaule d'Aldo. Il sursauta.

— Tu rêvais ?

Elle lui caressa la joue.

— Le chariot est là.

Il s'assit sur le lit. Il était encore dans son sommeil.

— Je parlais ?

— Tu fronçais les sourcils !

Elle l'avait dit avec légèreté, en souriant.

— A quoi tu rêvais ?

— Je me précipitais dans les bras de Marguerite. Ma mère regardait la scène.

— Elle n'était pas jalouse ?

— Elle souriait.

Rose l'observa. D'un coup elle était heureuse. Elle fit un mouvement de la tête vers le chariot.

— Le repas du maestro est avancé.

Quatre heures avant chaque concert, c'était la règle : protéines et sucres lents. Là, c'était poulet grillé et tagliatelles.

— Comment ça se passe ?

— La fente est recollée, deux petits coups de pinceau, j'ai à peine eu à masser avec le doigt, et c'était bon. Dans un quart d'heure je remets tout en place.

Les choses rentraient dans l'ordre. Elle retrouvait sa place. Aldo s'installa devant le chariot.

— Je t'ai dit pour le Beethoven ?

— Tu ne m'as rien dit mais j'ai compris. Laisse-les parler. Mange. Ça a l'air délicieux.

— Le coup du Beethoven, ça me coupe l'appétit.

— C'est sûrement un malentendu. Les gens se fichent des générales.

— C'est drôle, ma mère qui nous regardait en souriant…

Rose ne répondit pas.

— Ma mère écrit qu'elle l'a aimée et haïe.

— Marguerite était là pour toi. Tu me l'as dit vingt fois.

— Ma mère était jalouse d'elle.

— C'était un rêve, Aldo.

Elle regretta ses mots. Il ne donna pas suite et entama sa mastication, le nez sur son assiette. Elle changea de sujet.

— Tu as choisi un *bis* ?

— Le Paganini, comme à Boston.

— Avec pizzicato ?

Il fit oui de la tête.

— Tu es content ?

— Le *Larghetto* me préoccupe.

— Tout ira bien.

— Sauf que s'ils prennent le tempo de ce matin dans les *sol-si*...

— C'est toi le soliste. Tu donnes le tempo que tu veux.

— On verra, dit Aldo. Tu peux remettre les cordes ?

Elle lui déposa un baiser sur les cheveux et disparut dans la salle de bains. Elle se sentit légère. Elle commença par remettre l'âme à son exacte place avec l'une des deux pointes-aux-âmes qu'elle avait apportées. L'opération ne nécessitait pas seulement de l'adresse. Il fallait que Rose ait tous ses sens aux aguets, qu'elle soit à l'affût de chaque bruit, de chaque infime craquement que créait la pression de l'âme qu'elle calait entre table et dos. Elle réussit la mise en place en un tour de main. La pose du chevalet lui prit à peine une minute. Elle vérifia l'état de la fente avant de monter les cordes. Les traces de colle d'os étaient à peine visibles, elle en avait mis très peu. Elles suffiraient à convaincre Aldo. Elle tapota la table, puis le dos. Un rituel. L'instrument vibrait à merveille. Elle s'attela à la mise en place des cordes, commençant par la corde de *sol*. Elle eut soudain envie de siffloter. De peur de le déranger, elle se contint.

Au fil des pages, ce qu'il ne savait pas lui semblait familier. Comme les matins de Noël, lorsqu'il découvrait les cadeaux qu'il avait commandés au père Noël. Sa mère ou tante Marguerite l'aidaient à arracher les emballages, lui poussait des cris de surprise. Pourtant il découvrait ce qu'il attendait. Avec les notes de sa mère, c'était ce même sentiment.

Trois ans après mon arrivée, je dois me présenter chez un avoué, boulevard de Courcelles. Ça sent les L. à plein nez. Il doit se passer quelque chose. Je ne veux plus les voir. Sans blague.

L'avoué, un petit maigre nerveux. Votre père est mort, il dit. Enfin, M. de L., qu'il "croit savoir" être mon père. Superbe. Bref, mon père, dit-il, m'a laissé une lettre et du bien. "On pensait avec Gisèle qu'en t'élevant, nous pourrions réparer." En m'élevant. Je dis à l'avoué que c'est comique. Il n'entend pas. Je lui dis encore : J'accepte l'argent, pas les excuses. Il répond : Parfait, un compte à la Banque nationale de Paris, il faut passer signer, je peux organiser. Je demande combien. Huit cent mille. Moi j'avais peut-être vingt mille sur mon carnet au Lyonnais. C'est une sacrée nouvelle. Il ajoute : Nouveaux, bien sûr. Le sang me monte. Ça fait combien, en anciens ? Quatre-vingts millions. C'est une blague ? Il se dessèche encore plus. Je ne me le permettrais pas, mademoiselle. Mais voyons. Je remonte jusqu'à Wagram. J'ai une peur du diable. Le travail, la pension, ça me tient. J'ai peur de me défaire. Le fric des L., c'est encore une histoire à me mettre en mille morceaux. Je me dis : Tu signes et tu oublies. R. me dit : Ils étaient une partie de vous-même, il ne faut pas les exclure. Ça me tombe dessus.

A la mort de Marguerite, il y a dix ans, j'ai racheté la pension grâce à cet argent.

1961, l'année des bouleversements. La visite chez l'avoué, c'était en avril. Le 16, c'était le coup des généraux à Alger. La bique achète un quarante-cinq tours d'Henri Tisot. "Un quarteron de marchands de chaussures..." Elle le repasse sans cesse aux repas. Ça crée l'ambiance.

En mai, j'ai vingt ans. Le 21. C'est un samedi. Paule vient me chercher à trois heures. Elle vient avec Sylvain, un ami. Elle me dit : Les vrais cadeaux, ça se partage. Ça, c'est du Paule tout craché, un toupet monstre et fouette cocher. C'est lui, Sylvain, qui est tout nerveux. Il a bien trente ans, il est garçon à la brasserie du Lutetia. Je lui dois bien ça, à Paule. On boit un verre près de chez lui, on a l'air tout cons. Et puis on monte. Je dois être de retour à cinq heures. Ça muscle, le boulot de garçon. Mon pucelage dégage vite fait. C'est avec Paule que je jouis.

J'oublie vite le fric. Je travaille tant que je tiens debout. A la lingerie, je fais tout, la bique ne s'en occupe plus. Les repas du soir, c'est elle qui décide mais c'est moi qui fais les gratins. Elle a dû ramer pour passer de chanteuse de beuglant à patronne de pension. Ça doit lui faire plaisir d'être enfin bourgeoise.

Les pensionnaires disent que je suis gentille. La bique est presque tendre. Comme quoi... Georgette vieillit. Elle rapetisse, s'arrondit. Avec elle, on se fait la bise deux fois par jour.

Un jour de juin, à midi. C'était le 18. Drôle de coïncidence. A table, il y a un nouveau pensionnaire, un Italien de Trieste. Il va rester deux mois. Il fait un numéro de magicien. Il s'appelle Aldo, mais son nom de scène, c'est Cagliostro. Il raconte qu'il est l'arrière-arrière etc. du célèbre comte de Cagliostro, le Collier de la reine, et tout et tout. Il est blond, tout blond. Pour un Italien c'est drôle (comme quoi..., dit la bique le premier jour). Il a les yeux bleu aussi clair que c'est possible, plus, ils seraient blancs. Il me sourit et fait : Je voudrais une banane. Je vois qu'il n'y en a pas dans le panier. Je vais en chercher. J'entends une voix bizarre, qui chuinte : "Anzi, vorrei piuttosto una mela, prego." Je comprends : En fait je voudrais plutôt une pomme, s'il vous plaît. Aldo me regarde, sourire radieux. Qui a dit ça ? Une voix d'enfant ou Donald Duck ? Ça recommence : "Vero che capisce l'italiano ?" C'est vrai que vous comprenez l'italien ? Je regarde les pensionnaires, ils me sourient, ils attendent. Je vois... Aldo est ventriloque, et il leur a déjà fait le coup pendant que j'étais en cuisine. Je ris. Je suis heureuse.

Pendant la séance avec R., j'ai les larmes. Aldo, Paule et son ami, tout, mes vingt ans. Je tombe dans un trou. R. me dit : C'est naturel. On digère son passé comme on peut.

L'après-midi, pendant que je range, Aldo frappe à la porte de la salle à manger. Il me dit : "Dai che puoi farlo anche tu." Allez, tu peux y arriver, toi aussi. Je souris bêtement : "Non sono un artista." Il me répond avec un sérieux, on dirait quelqu'un d'autre : Presque personne n'est artiste dans sa vie. Presque chacun peut le devenir. Il dit qu'être artiste, c'est vouloir partager ses émotions. Moi je dis : J'ai aucun talent. Il répond : Il faut de la technique, oui. Le reste, c'est le cœur. Le talent, c'est ce qui vient du cœur. C'est ce qui te porte vers l'autre, si tu veux vraiment partager. Sinon c'est pas la peine.

Ce soir-là, je dresse la table, je fais le va-et-vient entre la cuisine et la salle à manger, je prépare le gratin, une voix fait : "Permesso ?" La voix de Donald Duck. Aldo passe ses boucles blondes par l'entrebâillement. Je vois d'abord le sommet de son crâne, puis ses yeux presque blancs, par en dessous. Puis il redresse la tête, un serpent en train d'être charmé. Il sourit. Il est beau. Drôle. Il me demande si je veux apprendre. Quoi, je dis ? "A dire delle belle cose bocca chiusa. Vuoi ?" Dire de belles choses la bouche fermée, et comment que je veux. De nouveau je suis heureuse d'un coup. Je lui dis quand même : Pas dans ta chambre. Il sourit : "Ti faccio vedere anche in cucina. Dopo cena ?" D'accord, je fais, à la cuisine après dîner.

Le repas terminé, je débarrasse. Il est là à me regarder. Il ne lève pas le petit doigt pour m'aider, ça lui ferait mal. Même chose après, pendant que je fais la vaisselle. Quand je termine, je suis épuisée. J'ai transpiré. Je dois sûrement sentir mauvais. Lui continue de sourire.

Il m'explique : Il y a deux choses importantes, pas plus. Il dit : La première, c'est le principe. Qu'est-ce que tu fais, si tu n'as plus de bouche ? Je me tais, je lui fais. Lui me dit : Bon, d'accord, et si tu veux parler ? Je réponds rien. Alors il fait : Tu crées une nouvelle bouche. Il sourit, il a dit ça comme la chose la plus simple au monde, en haussant les sourcils, l'air de dire : Pas vrai ? Je dois avoir l'air idiote. Il continue : Tu bascules la langue vers l'arrière, vers la gorge. Et tu bascules les cordes et les aryténoïdes vers l'avant. Il dit "gli aritenoidi" comme s'il disait "du pain" ou "du beurre". Il me regarde de haut en bas, en expert. Il fait : Toi, tu dois être souple. C'est vrai, je dis. Alors tu vas arriver vite.

La ventriloquie, c'est un travail de contorsionniste. Ce n'est pas les muscles des jambes ou des bras, c'est ceux de la gorge, c'est tout. La partie arrière de la langue recule. Là où les muscles se contractent, en bourrelets, tu crées une nouvelle bouche, dans la gorge. "Tutto qui."

L'autre chose, c'est le travail : tu t'entraînes, tu t'entraînes, tu t'entraînes. Chacun sa technique. Chacun ses petits trucs. Le plus important, c'est d'essayer. Tous les jours plusieurs fois un quart d'heure. Dans un mois tu verras. Il sourit encore.

Tout est fluide chez Aldo. Et puis cette façon de ne jamais demander.

J'ai appartenu à Aldo comme je n'ai appartenu à personne. Aldo ne m'a jamais appartenu. Pas une parcelle.

Quand Aldo rentre du Don Camilo, il vient dormir dans ma chambre. Il est infatigable, une machine à bander. Une douceur de fille. La bique a compris. Elle ne dit rien, mais je la sens heureuse. Je l'aime, ma bique.

La journée, je m'entraîne. Au bout de cinq-six jours je sors des voyelles assez bonnes. Pour le a*, je recule la langue le plus, mais je dois ouvrir un peu la bouche. Pour le* e*, je la creuse. Pour le* i*, je* l'étale. Quand je passe au u ou au ou, je la recule de plus en plus. D'un coup, après une semaine, ça marche avec des petits mots. "Co'ent cha va ?" Les consonnes, ça dépend. Certaines, il suffit de bouger la langue. Le s, le t, le r, c'est facile. Le pire c'est les m, les p, les b, et puis les v. Les labiales, dit Aldo. Il faut faire comme les magiciens. Tu détournes l'attention avec la marionnette. Tu sais, les gens s'attendent à certains mots, si tu dis "tarte à la crème", le m peut être à peine à peine esquissé. Il disait : Appena appena, avec un geste doux de la main gauche, comme un chef d'orchestre. Tu peux aussi te mordre l'index plié, tu fais semblant d'avoir peur, et les tout petits mouvements de tes lèvres ne se verront pas.

Après trois semaines, je me lance. A midi, je me plante devant la table, je souris à gauche à droite, et sans desserrer les dents, je fais : "C'est fini, la soupe ?" C'est presque compréhensible. Ça donne : "Ché fini la choupe ?" Tout le monde applaudit, longtemps. C'est merveilleux. Aldo applaudit le plus. Il a le visage tout tendu. Il est fier, ça se voit. Je cours à la cuisine chialer un coup.

Un mois encore. Je suis vraiment bonne. Parler comme ça, c'est un bonheur. Ça me donne des ailes. Je me lance, j'invente des choses. Un jour, dans la cuisine, Marguerite *me dit : Le bonheur de chanter sur scène, je ne l'ai retrouvé nulle part.*

Aldo part. Plusieurs mois de tournée en Allemagne. Je ressens des nausées toute la semaine qui suit son départ. Je me dis : Ça va passer. Je suis enceinte.

Tout le monde croit que c'est le chagrin. On me fiche une paix royale. Je le dis à Paule. Je décide de le garder. A trois mois, il faut bien que j'en parle à la bique. Pendant le repassage, je pose ma main sur son bras. Je lui souris. Elle fait des yeux interrogateurs. Je continue de lui sourire et je fais du ventre : "Là-dedans, il y a un petit bébé." En même temps je pointe mon ventre de l'index. Elle n'en revient pas, la pauvre, elle fait : "Eh ben ça alors, pour une nouvelle..." Elle répète une deuxième fois : "Eh ben ça alors..." Et puis elle se ressaisit, fait de son air entendu : "Comme quoi !..." Comme quoi si on fait l'amour, on finit par tomber enceinte. Elle a tout pigé, tout réglé. La bique tout craché. Comme quoi... Elle me demande si je vais le garder. Je réponds du ventre : Je sors quand je veux ! Elle fait : Eh ben dis donc ! D'un coup elle sanglote comme une Madeleine. Elle m'embrasse. Elle fait : Je vous aime beaucoup. Elle file dans sa chambre. Deux heures plus tard, à table, quand je pose la soupière : "Anna, vous voulez nous parler de votre ventre ?" Tout le monde sourit. Ils attendent un petit coup de ventriloque. J'ai si peur de ne pas y arriver, je me mords l'index. Je fais : (partie illisible).

Je me mets à pleurer. Ils me regardent. Je panique. Comme avant à Montmorency. Je ne comprends pas. Jusque-là ma vie, c'était clair : les chambres, le service, la buanderie, Paule. Maintenant, j'ai peur. Marguerite a les yeux mouillés. On me félicite, mais on dirait un enterrement. Je me souviens que je panique. D'un coup je (illisible).

— Le Stradivarius de Monsieur est prêt. Rose tendait l'étui à Aldo. Elle était inquiète.

Aldo était assis sur le canapé. Il réagit avec plusieurs secondes de retard.

— Oui ?

— Ton violon est prêt.

— Merci, merci beaucoup. Tu l'as essayé ?

— Je l'ai accordé. A toi de me dire.

Aldo posa la liasse sur la table. Il était épuisé. Il se leva avec lenteur, s'approcha de l'étui et en fit basculer le couvercle. Il observa la table. La fente n'avait pas changé. Il y avait des traces très fines de colle d'os de part et d'autre.

Il prit l'instrument, l'accorda et fit vibrer la corde de *sol* sur toute la gamme. Il s'arrêta au *do*. Lentement il poussa l'archet sur toute sa longueur. Arrivé au bout, il ramena l'archet vers lui, toujours très lentement, sans vibrato de la main gauche. Il regarda Rose. Un regard précis.

— C'est parti.

— Tu vois ?

Les larmes aux yeux, elle lui tourna le dos et se dirigea vers la salle de bains.

— Allons, lança Aldo, on fait un tour du quartier.

Avant de sortir, il remit la liasse dans le coffre.

17 h 00

On passe devant le théâtre, dit Aldo.

Ils descendirent la rue du Boccador. Ils arrivaient à l'avenue Montaigne lorsqu'il se mit à pleuvoir.

— On rentre, dit Aldo.

— Non, je veux marcher, insista Rose.

Elle était soudain fébrile. Ils retournèrent à l'hôtel pour emprunter un parapluie au concierge. Ils redescendirent la rue du Boccador. A l'avenue Montaigne ils prirent à droite. Sur l'affiche du concert, un bandeau avait été collé, de biais : "Complet."

— Tu vois, dit Rose, tout ira bien.

Elle sentit qu'il ne lui prêtait aucune attention. Ils remontèrent l'avenue George-V. La pluie frappait pointu, par petites rafales. Rose sentait le bras d'Aldo contre sa poitrine. Elle pensa : "Deux amoureux, mère et fils." Elle avait envie de pleurer.

Aldo marchait trop vite. A l'angle de la rue François-Ier, il dit :

— Allez, on rentre.

— Je dois te dire quelque chose.

— On rentre, répéta Aldo, on discutera à l'hôtel. Il fait un temps de cochon, et j'ai un concert ce soir.

Rose s'arrêta de marcher. Elle s'éloigna de lui, le regarda fixement pendant quelques secondes, puis d'un coup éclata en sanglots. La pluie la frappait au visage.

— Je ne sais pas où aller, Aldo. Je ne sais pas comment faire. I'm in a dead-end. Dans un cul-de-sac.

Elle parlait par à-coups, secouée par les sanglots. Aldo la regardait sans comprendre.

— Je ne suis pas dans ta vie, Aldo. Je suis hors de ta vie et hors de la mienne.

De ses deux mains, elle se cacha le visage.

— Je ne t'ai jamais dit comment ma fille est morte. Tu sais comment j'ai tué ma fille ? Tu sais comment je l'ai tuée ? Je l'ai oubliée ! Tu entends ? Je l'ai oubliée ! Elle était invitée à un anniversaire. Je l'ai oubliée ! Je flânais à faire du lèche-vitrine dans un shopping center !

Elle dut s'arrêter de parler. Elle se calma un peu et s'essuya les yeux de ses mains. Les sanglots recommencèrent dès qu'elle se remit à parler.

— J'ai tant tardé que mes voisins l'ont ramenée. Moi, quand je me suis rendu compte de mon oubli, j'ai sauté dans la voiture, j'ai fait une marche arrière et Juliet courait vers moi en criant : "Mommy, mommy", et je n'ai rien entendu ! Il pleuvait comme il pleut maintenant, je n'ai rien entendu ! Mes vitres étaient fermées, et de toute façon je n'aurais pas ouvert ma vitre parce que j'étais en retard ! Parce que j'avais oublié ma petite fille ! Ma Juliet ! A flâner dans un shopping center. Tu comprends ? Je l'ai tuée parce que je l'ai oubliée !

Elle se reprit quelques secondes, puis chuchota de façon à peine audible, entre ses sanglots :

— Tu ne sais pas combien on est malheureux quand on est coupable. On est seul, et on ne sait pas où aller. Il ne faut pas juger les gens, Aldo. Ce n'est pas juste.

— Mais personne ne te juge, Rose. Personne.

Elle se remit à sangloter, les deux mains posées sur son visage, pour se masquer des passants. Aldo ferma le parapluie et voulut la prendre contre lui. Les bras de Rose faisaient obstacle. Il lui prit les mains. Ils restèrent ainsi deux ou trois minutes à se serrer l'un contre l'autre, sans rien dire. Il avait laissé le parapluie tomber sur le trottoir. Une passante le ramassa et le lui tendit. Il le garda fermé dans sa main gauche, contre le dos de Rose. Il la tenait serrée. Elle se détacha. Elle continuait de sangloter.

— C'est la seule chose que je n'ai pas pu te dire, Aldo, je te jure, je t'ai tout dit de moi, mais que j'avais oublié Juliet, je n'ai pas pu, tu comprends ? J'avais oublié Juliet ! Moi, je n'aurai jamais des notes qui viennent de Dieu sait où et qui me disent : "Les choses ne se sont pas passées comme ça." Tu comprends, Aldo ? Je serai toujours au fond de mon trou.

— Calme-toi, dit Aldo.

— Et puis je t'ai encore menti une fois, Aldo, et puis c'est tout. Je t'ai encore menti tout à l'heure. Ton violon allait très bien.

Il sentit ses yeux se brouiller.

— Il allait bien parce que tu étais là.

— C'est vrai, Aldo ? C'est vrai ?

Il lui sourit. Elle demanda :

— Tu crois qu'on va s'en sortir ?

Leurs visages ruisselaient.

— Allez, on rentre, dit Aldo.

Il lui avait parlé gentiment. Il lui prit le bras.

Ils commandèrent du thé. Rose dit :

— Je dois dormir un peu, mais la lumière ne me gêne pas.

— Je te réveille dans une heure.

Il était six heures. Rose s'était couchée sur le côté. Du bras elle protégeait ses yeux de la lumière. Aldo connaissait le contenu de la dernière liasse, il en avait lu la fin le matin même. Il alla ouvrir le coffre.

Un jour, Aldo n'est plus dans ma chambre. Son lit est dans la chambre de la bique. Le lit d'Aldo chez la bique, c'était le début de la fin. Parce qu'au début, c'était inouï. J'avais de beaux seins. Aldo les dévorait. Je m'enivrais. Elle me l'a pris.

J'essaie de me souvenir. J'étais partie quelques jours, avec Ali, le Turc. Peut-être deux semaines ou trois, pour les vacances. Au retour Aldo est chez la bique, indécollable. "Moi, le sommeil, vous savez…" Et elle ajoute : "Comme quoi, l'âge." Aldo me boude à fond. Je lui fais, en moi : Tu perds rien pour attendre. Je le laisse dormir chez la bique. La journée, il est tout le temps avec elle, un pot de colle.

Quel âge avait-il ? Trois ans, peut-être quatre. Il en faisait ce qu'il voulait, de sa mère. Facile de la rendre jalouse. Un jeu d'enfant. Facile et agréable. Non, plus qu'agréable. Autre chose. Un plaisir violent.

Après deux jours voilà qu'un matin il vient dans mon lit. Je le serre si fort qu'il commence à pleurer. Je l'embrasse, je le caresse, je le lèche, je le mange. Il rit. Un rire qui fuse. J'éclate en sanglots. Il pleure. Je l'embrasse, plus doucement cette fois. On se calme les deux. Après quelques minutes, il descend du lit, fait : Tata Marguerite. S'il me mordait le cœur ce serait tout comme. Je me retourne sur le lit. Je lui tourne le dos. Il va chez la bique.

Un jour je mets la table, la bique est avec Aldo dans la cuisine. Je l'entends qui lui fait ses confidences. Elle raconte : Quand j'étais jeune, moi j'étais chanteuse, je travaillais dans un théâtre de Besançon. Tu parles d'un théâtre. Et Aldo qui boit tout ça.

Le choc. Comme si c'était hier. Pas hier, là, il y a deux minutes. "Les music-halls élaborent leurs futurs programmes." Article dans Le Figaro. *Nouveau spectacle au Don Camilo. Cagliostro, l'alchimiste-magicien, revient. La tête me tourne. J'ai envie de pleurer. Je n'arrive pas. J'ai dû partir du bistrot sans payer. Aldo était resté à traînasser dans les jupes de la bique.*

Dimanche, il y a matinée à cinq heures. Je vais rue des Saints-Pères. Je dis au gardien : J'ai rendez-vous avec Cagliostro.

Il fait : "Ben il est pas là." Il dit : "Pô la." Il fait encore : "Désolé, hein, faut pas rester là. La matinée commence à dix-sept heures, vous avez le temps d'aller prendre un café." Il est trois heures. Je reste debout dans la rue, devant la porte, il fait étouffant. Deux heures passent. Rien qui bouge. Je reste comme une conne, devant la porte, à regarder le gardien. Lui fait comme si je n'étais pas là. Vingt ou trente minutes, et l'autre battant s'ouvre. Entre un gaillard immense, un vrai géant, barbu, gros, tout noir de poil. Le gardien fait : "Alors, Cagliostro, on fréquente ?" Moi je comprends rien, il parle à qui ? Le géant me fait : "Bonjour mademoiselle", en fait il dit : "Bonjour matmazelle" en roulant le r. *Je fais : "Vous savez quand il vient, M. Cagliostro ?" Le géant part d'un rire qui vient de la poitrine, un rire de basse. "Le seul, l'unique, le grand Cagliostro, il est devant vous, matmazelle, pour vous servir !" La tête me tourne encore. Je crois que j'ai posé ma main sur la poignée de la porte. Un groupe de filles entre. La porte s'ouvre vers l'extérieur et je tombe sur le trottoir. C'est le bras gauche qui prend, du coude au poignet. Je me retrouve dans la loge commune, minuscule, à trembler comme une malade. On est dans les sous-sols. Le géant me fait boire dans un verre à dents un truc qui m'arrache la poitrine.*

"Metaxa, hein ?" La tête me tourne, moins qu'avant, mais je ne peux pas me lever. Le bras me fait souffrir, je le serre contre moi de la main droite. "Sopa tora", il fait, calme-toi. "Tu attendais Aldo ?" Je fais oui de la tête. Il raconte : "Aldo est mort, il a été tué il y a deux ans à Berlin, dans la pension où il logeait, tué par un Turc, après une partie de cartes." Lui, le géant, est engagé dans une boîte à Trieste lorsqu'il apprend que la femme d'Aldo veut vendre ses accessoires. Il fait : "Mon numéro était fatigué de moi. Moi j'étais fatigué de lui. J'ai donné trente mille lires à la femme. Avec mon physique, Cagliostro, ça marche." Il était marié ? La question ! Trois enfants. Donc quatre. Il veut mon téléphone. Pas la force de refuser. Je m'en fous à un point. Je rentre à la pension. Je suis vide. Je ne ressens pas la tristesse. Plutôt comme si on m'avait ôté l'existence, un poisson nettoyé.

Réveil à trois heures du matin. Aldo, Aldo, Aldo, Aldo, partout dans mon rêve. Aldo avec cape blanche, haut-de-forme et écharpe rouge.

Je veux retrouver Aldo. Me perdre en lui.

Je décide de (illisible) Aldo. Je ne dors plus. Je demanderai à Georgette.

Pour la tête et les bras, Georgette m'envoie chez un cousin à elle, à Saint-Ouen. Une heure d'autobus, le cœur battant. Il a l'air buté mais il comprend vite. Il tourne une boule en bois. Il la fait bien lisse, avec un gros trou au bas pour l'index. Deux petits cylindres pour les bras. Ils tiennent si on les coud à la cape. Le haut-de-forme est un petit cylindre collé à un carton découpé en cercle. Je repars, tout dans un sac. Sur la boule, je dessine les yeux immenses d'Aldo. Ils sont presque blancs. Les lèvres, je les fais rouges, épaisses, exagérées. Il rit. Pour les cheveux, je crayonne du jaune. Au-dessus du front, je colle une boucle d'Aldo. Georgette fixe au bas de la boule la cape de satin blanc, qu'elle a plissée. Sur les plis elle coud l'écharpe rouge qui fait un tour, tombe au milieu du dos et devant sur la poitrine. Pour les mains, elle coud des gants rouges, minuscules. Elle les remplit d'ouate. Sur le haut-de-forme elle colle du tissu rouge, le même que pour l'écharpe.

Là, je sens que je vais y arriver.

— *BONJOUR ALDO. TU SAIS QUI JE SUIS ? JE SUIS TON PAPA, ALDO. ALDINO ?*

Aldo regarde la marionnette. Aldo est tétanisé. Ses yeux quittent la poupée. Il se tourne lentement vers moi. Je fais, de la bouche : Mais oui, Aldo, c'est ton père. Du ventre je fais :

— IL GRANDE CAGLIOSTRO !

Aldo est captivé. Conquis. Aldo est dans le creux de ma main. La victoire me secoue, une vraie jouissance.

— MESDAMES ET MESSIEURS, LADIES AND GENTLEMEN, SIGNORE E SIGNORI, MEINE DAMEN UND HERREN, IL GRANDE CAGLIOSTRO !

J'applaudis des deux petites mains rouges. A moi, mes deux Aldo. D'un coup j'ai mille talents. Aldo exulte, il a la bouche ouverte.

— LE GRAND CAGLIOSTRO VA FAIRE UN TOUR DE MAGIE ET VA TRANSFORMER CE PETIT GARÇON – MAIS COMMENT S'APPELLE CE PETIT GARÇON ? IL S'APPELLE ALDO, MESDAMES ET MESSIEURS, LADIES AND GENTLEMEN, SIGNORE E SIGNORI, QUEL FANCIULLO SI CHIAMA ALDO, ET NOUS ALLONS LE TRANSFORMER EN… PETIT COCHON ! NOUS ALLONS VOIR CE MAGNIFIQUE PETIT BAMBIN TRANSFORMÉ EN PETIT COCHON, ET QU'EST-CE QU'IL DIT, LE PETIT ALDO, IL EST CONTENT ? MAIS NON IL N'EST PAS CONTENT LE PETIT GARÇON, IL NE VEUT PAS SE TRANSFORMER EN COCHON, ALORS IL VA LE DIRE A SON PAPA, ET QUI C'EST SON PAPA ? MAIS C'EST LE GRAND CAGLIOSTRO !! MAIS ALORS, MAIS… MAIS C'EST MOI, SON PAPA, ET TOUT LE MONDE APPLAUDIT LE PETIT ALDO QUI NE SERA PAS TRANSFORMÉ EN COCHON,

PARCE QUE SON PAPA, C'EST LE GRAND, LE TRÈS GRAND, LE GRANDISSIMO CAGLIOSTRO, LE PLUS GRAND MAGICIEN DE L'UNIVERS !

Les histoires, les voix, le jeu, tout vient. Le bonheur frappe comme la foudre. Je me retrouve. Je retrouve Aldo. Je l'ai. Il est en moi.

Je n'avais jamais été aussi heureuse. Je demande à R : Pourquoi ? Et aussi : Pourquoi plus tard tout s'est cassé ? Il me dit : La ventriloquie vous faisait vous retrouver en vos deux Aldo, en ces instants vous ne faisiez qu'un avec eux. C'était enivrant. Mais pas dans l'ordre des choses. C'est quoi, l'ordre des choses ? je demande. Il dit : L'ordre des choses, c'est la solitude.

Je ne gronde plus Aldo. J'appelle son papa. Ça marche à tous les coups. Aldo a compris. Tous les soirs, pour aller au lit, il veut que son papa lui raconte une histoire. Je meurs de bonheur.

Un soir après dîner, Zoltan joue Mustafa. *Toute la table chante : Chérie je t'aime, chérie je t'adore. Zübeyde se lève. Elle fait la danse du ventre. On frappe tous des mains en rythme. Je la sens bizarre devant moi quand elle danse. Quand je suis à la vaisselle, elle entre à la cuisine. Je ne bouge pas de l'évier. Elle me dit que je sais regarder une femme.*

Aldo est aux anges. J'ai enfoncé la bique. Elle le voit bien qu'Aldo, quand je parle du ventre, il n'écoute que moi. Chaque jour elle me dit : Ce serait bien de (reste de la phrase illisible). Une vieille bique jalouse.

Huit jours à Lausanne avec Zübeyde. La bique me fait la tête, elle fait : Remarquez, on s'est tous bien occupés d'Aldo, comme quoi... Aldo sait être méchant. Pourquoi tu étais avec Zübeyde ? Tu es plus gentille avec Zübeyde qu'avec moi. Zoltan comprend toujours tout. Il appelle Aldo dans sa chambre et lui joue du violon. Il me dit : "Comme ça il n'est pas toujours avec une vieille femme, il est aussi avec un vieil homme." Il sourit. Sa petite pomme de tête se plisse.

Ce n'est plus mon Aldo.

J'appelle Cagliostro. Je parle du ventre. Aldo est audacieux, il vient dans mes bras, on se serre l'un contre l'autre si fort. A en étouffer. On s'aime de nouveau. On n'est plus qu'un. Je comprends que c'était trop. J'ai honte. Je pleure. R. me console comme il peut : Vous lui avez beaucoup donné, vous lui avez donné un père. Il vous doit beaucoup. Sa carrière vous doit beaucoup.

La bique est folle de jalousie. Pour récupérer Aldo, elle met Zoltan dans le coup. Lui n'y voit que du feu. Elle l'emmène rue de Madrid. Ils choisissent un quart pour Aldo. Elle me guette au repassage. Pour les cinq ans d'Aldo, j'ai décidé de lui offrir un petit violon, elle fait, M. Zoltan est si content. Il lui donnera ses premières leçons. Après on verra. C'est tout vu. Elle récupère. Aldo prend ses repas à côté d'elle. Elle l'a à l'œil. Ça me mord le foie.

Aldo m'admire. Tout le monde m'admire, sauf la vieille bique qui tourne la tête quand je fais parler la marionnette. A part elle, tout le monde m'aime et m'admire. J'ai l'impression de devenir une autre, ou peut-être moi, ou une autre moi, plus compacte. Comme si les morceaux de moi se recollaient. Je fais un tout compact. Je deviens un vrai moi.

Zoltan crie, mais c'est pas la peine, on a entendu. Il a glissé dans la baignoire. Son bras droit tape le bord, double fracture ouverte, radius-cubitus. L'eau du bain est rouge. Il n'a pas poussé le verrou, il a eu du nez. La bique et moi, on le sort du bain. Le bras, c'est comme s'il avait passé à la moulinette, l'os sort à vif. Il est tout nu, Zoltan, il pleure, il répète sans cesse : Vrêment, j'ai trê trê honte.

Zoltan, toujours costume noir chemise blanche, cravate noire, pratiquement jour et nuit. Alors là ! On le couvre de son linge de bain, on l'installe sur une chaise. L'ambulance arrive, la bique va avec. Elle téléphone : ils vont l'opérer, il en aura pour des mois. C'est la main qui tient l'archet, pas celle qui fait les notes, mais quand même. Ils le gardent quatre jours, à cause de l'anesthésie. Quand il revient, sa petite tête est encore plus ratatinée qu'avant. Il reste couché tout le temps, même pour la petite toilette. Dans quelques mois il faudra réopérer. Sur son lit, à le voir pleurer sans bruit, sa tête, c'est une vraie pomme fripée. Du coup la bique inscrit Aldo rue de Madrid. Elle l'emmène en métro trois fois par semaine, elle reste assise sur l'un des bancs situés dans le couloir du deuxième étage. Aldo et la bique, ça (trois mots illisibles).

Une fois, une seule, j'accompagne Aldo. Je lui dis : Je te retrouve à la sortie. Je vais lire les annonces au Petit-Bougnat, le bistrot juste en face. Presque en face, un peu plus loin sur la rue. Mais à quatre heures je ne suis pas à l'entrée. J'ai cinq minutes de retard. Aldo est sur le trottoir en train de pleurer. Tante Marguerite ne va jamais au bistrot, elle m'attend dans le couloir, il me fait en chialant.

J'étais Cagliostro, Aldo était mon Aldo. Il rayonnait. Son père était un grand magicien. J'inventais des tours de passe-passe. J'imaginais des scènes, ça venait tout seul. Pour qu'Aldo aille au lit, c'était chaque soir autre chose. J'avais une bonne technique. En basculant à fond la langue vers le larynx, je pouvais faire une voix lointaine, comme quand on écoute au téléphone.

— On demande M. Cagliostro.

— ALLÔ ?

— Monsieur Cagliostro ?

— OUI ?

— Il grande Cagliostro ?

— MAIS OUI ! QUI ME DEMANDE ?

— Ici le poste de police du boulevard Raspail.

— AH OUI ??

— Mais oooui ! Adjudant-chef Zoltan au téléphone.

— ADJUDANT ZOLTAN ? VOUS AVEZ BIEN DIT ADJUDANT ZOLTAN ? ZOLTAN COMME ZOLTAN, AVEC Z COMME... COMME...

*— Adjudant-*chef *Zoltan, si vous permettez.*

— MAIS C'EST A QUEL SUJET, ADJUDANT-CHEF ZOLTAN ?

— Mais c'est au sujet duquel parce qu'un certain M. Aldo dont à propos de qui vous voyez de ce que je veux parler, donc ce jeune M. Aldo qui-ne-veut-pas-aller-au-lit, si vous voyez de quoi je veux dire.

— *AH BON, IL VA PAS AU LIT ?*

— *Non.*

— *MAIS VOILÀ QUI M'ÉTONNE BEAUCOUP, MOI QUI CROYAIS QUE M. ALDO EST UN EXCELLENT ALLEUR AU LIT !*

— *Et donc ici au commissariat du boulevard Raspail, nous voudrions que par une de ces combinaisons magico-magica-extraordinairement époustoufleuses dirais-je en tant qu'adjudant-chef, si vous le permettez, nous voudrions que vous lui insérassiez une petite punaise dans le derrière qui le, vous voyez ce que je veux dire, tarabiscote-cote-cote quand l'heure c'est l'heure, si vous voyez de quoi je vous cause, monsieur Cali-ostrogoth, et hop il file au lit.*

Aldo qui bascule. Il est séduit. Il se laisse faire.

J'aimais Aldo après ces histoires. Les trois, nous faisions un. La nuit dans mon lit je pleurais de bonheur. Le lendemain la bique essayait de me le voler, mon bonheur. Pour les autres j'étais toujours bonne à faire le pitre. Mais ils m'admiraient moins. R. me dit qu'ils étaient peut-être inquiets. Il me demande s'il n'y avait pas trop d'exaltation. Une sorte d'enivrement. Je retrouvais mes deux Aldo comme on retrouve la bouteille. Ce n'était plus le bonheur léger. Plutôt un besoin violent.

A neuf ans, la bique lui offre un demi. Elle me raconte : Le luthier le reprendra d'ici deux-trois ans, quand Aldo pourra jouer sur un trois-quarts. Je n'ai jamais autant haï quelqu'un.

Le violon est un (illisible). Aldo va le montrer à Zoltan, je le suis. Zoltan a fait une transcription pour violon d'un morceau qu'il appelle les Danses de Galánta. *Aldo déchiffre sans peine. Je n'y connais rien, mais je vois bien que c'est sublime. Rien à voir avec comment Zoltan jouait le morceau. Aldo est souple, gracieux. Les notes emplissent la pièce. Aldo arrache, creuse, il déchire. Un aplomb inouï. A la dernière danse, c'est la bravoure tzigane. Zoltan pleure, sa tête se ratatine encore plus.*

Un dimanche, je crois que c'était en mai. Il fait une chaleur, la bique me dit : J'emmène Aldo voir Fantasia *au Gaumont Saint-Germain. Comme elle dirait : J'emmène ma robe chez la couturière. Je n'arrive pas à répondre. J'ai envie de sentir Aldo. De l'embrasser partout comme je l'embrassais quand il était petit, et à la fin deux baisers aussi minuscules que possible là où la narine tombe sur la lèvre, toc, toc, à gauche à droite, un jeu, si le baiser est trop gros on recommence, et Aldo rit. C'est comme si mes forces avaient fondu. La bique peut me dire ce qu'elle veut. Je n'arrive pas à me battre. J'ai envie de me venger. J'appelle Paule. J'appelle vingt fois en deux-trois heures, elle doit être chez Sylvain. Je reste sur mon lit. Je ne suis pas lavée. En blouse bleue de bonniche. Il n'y a que Zoltan. Je reste comme ça tout l'après-midi. Je fais comme si j'étais avec Aldo. Quand il me retrouvait après le cabaret. Quand Aldo rentre avec la bique, il me cherche, il n'a pas l'air net. Je cherche la marionnette. L'envie de me venger me dévore. Je ne suis plus que ça, une vengeance.*

— Allô, il grande Cagliostro ?

— OUI ?

— Adjudant-chef Zoltan au téléphone, commissariat du boulevard Raspail.

— OUI ?

— Nous avons un dépôt de plainte contre le jeune monsieur Aldo Neri. Vous connaissez ?

— MAIS OUUI, BIEN SÛR, UN CHARMANT CHARMANT JEUNE MONSIEUR.

— Mais ce charmant charmant jeune monsieur oublie sa maman les dimanches, savez-vous ?

— MAIS NON ?

— Mais ouuuiii, cher grandissimo Cagliostro, il abandonne sa mère seule à la maison pour aller au cinéma avec la vieille bique, voir Fantasia, *au Gaumont Saint-Germain, et savez-vous, illustrissime Cagliostro, sans même dire à sa*

mère qui se casse le cul pour lui : Tu veux venir au cinéma avec moi et la vieille bique, ça te changera du ménage ?

Il a la poitrine qui monte et descend fort, Aldo, son petit menton tremblote, j'ai envie de le mordre et de l'embrasser. De le manger, de le sucer, ce petit menton qui annonce qu'il va craquer. Moi je continue. Je me perds. Je me dis : Ça lui apprendra et après on verra bien s'il va au cinéma avec la bique.

— Vous comprenez, immense Cagliostro, le charmant charmant petit monsieur Aldo, il va un peu comme ça, à gauche à droite, avec la bique, chez M. Zoltan, ou à lire dans la chambre d'Annette, ou…

Il éclate en sanglots, Aldo, il hurle : C'est pas vrai ! c'est pas juste ! C'est toi qui pars avec Zübeyde et qui… et qui… et qui… ! Il sanglote tant qu'il n'arrive plus à parler. Il pleure, il se reprend, il me crie : C'est pas juste ! Il hurle. C'est toi qui m'aimes pas ! Tante Marguerite s'occupe de moi plus que toi ! C'est elle qui s'occupe de moi ! Papa, papa, écoute pas maman ! S'il te plaît papa ! Ecoute pas maman ! C'est pas vrai !

Il m'arrache la poupée. Mon pouce reste coincé dans le bras gauche de Cagliostro, je vois les étoiles. La cape se déchire, elle se décolle du bas de la tête, les deux bras restent autour de mon pouce et de l'annulaire, le haut-de-forme est de travers. Aldo hurle et moi je prends Aldo dans mes bras je le serre et je l'embrasse partout sur la tête et le visage, et je sanglote tant que je peux, mon corps est secoué comme si on me battait mais je ne lâche pas Aldo, on pleure l'un collé à l'autre. Après on se calme. On est assis sur le lit. Je lui dis : "Hai fatto male al papà, tu as fait mal à papa, mais maintenant c'est terminé, tout va bien." On est si honteux on sait pas quoi dire à la fin. Il pose la tête sur mes genoux. Je veux caresser sa joue et ses cheveux. Avec mon index je titille son oreille, je crie de douleur. J'ai le pouce cassé.

Ma main plâtrée, pendant deux mois. Je dois tout faire avec Marguerite. On est ensemble du matin au soir. L'horreur. Je deviens une machine à chialer. Marre et marre.

Aldo n'a plus de père, et moi je n'ai plus rien à dire. Tu as fait tes devoirs ? Finis ton repas. Va au lit. Range ta chambre. C'est la bique qui prend les choses en main.

Pour tous, c'est comme si c'était fait, Aldo sera un violoniste célèbre. Trois heures chaque jour après l'école, cinq les samedis-dimanches (rien que les exercices).

Moi, je ne sais même pas comment s'appelle son prof.

Avec la bique, j'ai perdu. Aldo est son Aldo. Je souhaite sa mort chaque jour qui passe. Je me dis : Tu verras, ça viendra, un cancer, le cœur, une voiture qui passe là où elle traverse pour aller au Félix-Potin de la rue du Cherche-Midi, et paf un bon coup dans le ventre, la vieille bique qui fait un vol plané, fini terminé.

Aldo aura treize ans. "C'est dommage de laisser tout ça au vestiaire, dit Georgette quinze jours avant l'anniversaire. Vous avez du talent. Et puis ça lui faisait très plaisir, à Aldo, si, si, je vous assure." Trois ans c'est beaucoup mais quand même je reprends. L'arrière-langue vers l'arrière, les bourrelets de la gorge, a, e, i, è, *les labiales, tout. Les sensations reviennent, même assez vite. Aldo a un peu de moustache.*

Georgette qui demande quelle poupée je veux. Je dis : Moi. Dès que j'ai dit j'ai peur. Dans tout mon corps, même dans mes doigts, je sens la peur. Georgette s'occupe de tout, Vous savez, pour la tête, je peux faire un coussinet, ça ira très bien. Pour les bras, pas besoin d'aller chez le cousin à Saint-Ouen. Elle se souvient pour mon pouce plié. Elle dit aussi : Pour les doigts je m'arrangerai, ne vous en faites pas, je les couds en les retournant, comme pour un gant. Le tronc, vous le voulez comment ? Je dis : Jusqu'à la taille, avec une poitrine plus forte que la mienne, et une robe échancrée. Elle est gênée, Georgette, elle fait : Mais c'est qu'elle se veut belle, la dame ! Elle demande : Le visage, bien maquillé ? Dans un souffle, je réponds : Très.

Je m'exerce tout le temps à Joyeux anniversaire. *Une fois chez Félix-Potin, une vieille bique qui faisait la queue juste devant moi se retourne, moi je souris et je continue à chanter du ventre. C'était drôle ! Qu'est-ce qu'elle a eu peur. Moi j'ai bien aimé.*

Dans la chambre on se serre. Aldo est couché, il a la cheville foulée. Georgette, Annette, Zoltan, Paule aussi, avec Sylvain, moi. C'est la bique qui amène le gâteau. Elle a fait dessiner une portée de musique, cinq lignes avec, dessinées, trois notes, et au-dessous, comme sur une partition, trois mots. Au-dessus il y a marqué "13e *anniversaire" et juste dessous "Aldo". Aldo regarde la bique, il sourit en découvrant les notes "La do ré". Aldo l'adoré. C'est la bique qui le dit. On chante tous* Joyeux anniversaire. *Je file dans ma chambre. Je mets du rouge à lèvres, très fort, comme elle. Je la parfume comme moi. Quand je reviens, je cache ma main droite, Georgette dit : Maintenant une surprise. Je commence par la voix lointaine, comme pour le téléphone, j'augmente la voix petit à petit pendant que la poupée quitte mon dos et s'approche d'Aldo. Je tremble. Aldo regarde la marionnette, les yeux, il les écarquille, il regarde ma robe, nous portons la même robe, soie bleue, de la soie sauvage. Echancrée à la poitrine, même très. Aldo sourit à la poupée, à moi, son regard va et vient, il nous regarde bien, il nous regarde fort, quand j'ai fini de chanter, ma poupée va embrasser Aldo. Aldo lui caresse le visage et (trois mots illisibles), je m'éloigne, Aldo retient ma main.*

Les détails me reviennent. Georgette, elle a le regard qui chavire, elle ne fait que bouger la tête à gauche à droite, sans savoir où poser les yeux. La bique sourit comme une conne, Paule qui fait : Allez, on les laisse, ou elle fait : On vous laisse, Sylvain a son service, on est seuls avec Aldo et moi et ma main, je lui fais : Tu veux que je parle comme avant ? Oui. Je me souviens. Un oui soufflé, petit, il supplie, ma poupée est belle, mais qui est ce jeune homme qui a treize ans aujourd'hui ? C'est le charmant charmant M. Aldo. Oui, il dit oui fort, oui, oui, et ses yeux qui disent : S'il te plaît continue, ne lâche pas maintenant, je t'attends depuis toujours, depuis mille ans, s'il te plaît ne me lâche pas, continue, alors je fais : Il a grandi le charmant charmant M. Aldo, regardez il est devenu un homme, petits baisers sur sa petite moustache, petits petits baisers comme avant là où tombe la narine, à gauche à droite, Aldo retient d'une main la poupée, me met l'autre autour du cou, ce n'est plus la poupée qui embrasse Aldo, tout bascule, il ouvre la bouche, embrasse comme un homme, j'ouvre la bouche, je lui prends la langue, comme je l'aime, Aldo, je ne sais pas

20 h 00

ON FRAPPAIT à la porte de sa loge. C'était le chef d'orchestre.

— J'y vais, à tout à l'heure, *toy-toy-toy.*

C'était l'expression allemande utilisée pour souhaiter bonne chance à un artiste avant le spectacle.

— *Toy-toy-toy*, répondit machinalement Aldo.

Il était étendu, la tête calée sur l'un des accoudoirs du canapé, les pieds posés sur l'autre. Il se souvenait de la peur. La terreur. Cela avait été un baiser d'amants. Eperdu. Désespéré. Il n'avait pas voulu se détacher. D'un geste rapide de la main elle s'était assurée de son érection. Elle s'était levée du lit où elle était assise. Aldo avait essayé de la retenir. Elle s'était arrachée de sa bouche. Elle s'était dévêtue avec hâte. Elle s'était assise sur lui. Il s'était précipité sur sa bouche. Il s'était mis à donner des coups de bassin violents. Il avait accroché ses mains à ses épaules. Ses mains avaient glissé sur les seins. Il les avait agrippés de toute la force de ses doigts, les mains coincées entre leurs deux poitrines. Après, sa mère s'était étendue sur lui. Elle lui avait niché la tête contre son cou, sous le menton. Aldo tremblait de tous ses membres. Ils étaient restés éveillés un temps infini, sans parler, sans se chercher des yeux. Elle s'était détachée de lui au petit matin. Elle avait ramassé sa culotte au pied du lit. Aldo avait tourné la tête vers elle au moment où elle avait atteint la porte. La main sur la poignée, elle le regardait. Aldo se souvenait du regard de sa mère à cet instant. Sans vie.

Un grésillement s'échappa du haut-parleur placé au-dessus du miroir de la loge. Les applaudissements de la salle qui accueillaient le chef. Aldo sortit son violon et fit quelques arpèges. Il chercha le bruit sur le *do*. Il ne le trouva pas. Il n'éprouva ni satisfaction ni déplaisir.

L'orchestre attaquait les *Danses de Galánta*.

Le lendemain, Aldo n'avait pas bougé de sa chambre. Seulement pour aller faire ses besoins. Marguerite lui avait apporté ses plateaux. Elle l'avait embrassé. Des baisers de réconfort, comme à un enterrement. Toute la journée M. Zoltan avait joué et rejoué la dernière des *Danses de Galánta*. Chaque fois une variation différente, le dernier mouvement, surtout, autour duquel il brodait sa nostalgie tzigane.

Sa mère était venue le soir. Elle avait le regard du matin. Elle lui avait passé la main sur les cheveux, sans dire un mot, sans l'embrasser. Elle avait quitté la chambre très vite.

L'orchestre abordait la troisième danse, une czardas pétillante. Dans sept minutes, le morceau serait terminé. Aldo calcula : trois minutes d'applaudissements, plus trois minutes, le temps que les garçons de scène redisposent les sièges des premiers violons pour faire place au soliste. Il serait sur scène dans moins d'un quart d'heure. Il remit son violon dans son étui, s'étendit sur le canapé et respira profondément. Le deuxième mouvement. Les deux *sol-si*.

Je les ai joués au kilomètre arrêté, pensa Aldo. Trop vite. Beaucoup trop vite. Avant d'entrer sur scène, il glisserait au chef de prévoir un tempo plus lent.

Sa mère l'avait aimé comme elle avait pu. Le docteur l'avait écrit.

"Après le concert, je n'ai aucune envie d'aller au Stresa", lui avait dit Rose. Elle voulait rentrer à l'entracte. On rentre se reposer et puis on va rejoindre M. au Stresa, lui avait répondu Aldo. C'est à deux pas. On sera peu nombreux. Elle avait répondu : "On verra." Elle était sans force.

L'orchestre jouait la dernière danse. Celle de Zoltan et de ses broderies tziganes. Les yeux d'Aldo se brouillèrent de larmes. Combien Zoltan a dû m'aimer. Zoltan et sa petite tête ronde et fripée. Ses yeux, petits et ronds eux aussi. Des yeux qui n'osaient pas. Zoltan et ses complets noirs, cravate noire sur chemise blanche, chaussures noires. Zoltan, son accent et sa mélopée hongroise bourrée de *ö*. "Öt Török", disait l'un, et ils éclataient de rire. Zoltan de nulle part. Un seigneur. Zoltan qui l'avait aimé de toutes ses forces sans oser prononcer un mot tendre. C'est ça aimer, pensa Aldo. Ne rien dire. Etre là. Quelques notes d'une musique de Kodály un matin de chagrin. "Lui aussi, il s'appelait Zoltan", disait M. Zoltan avec fierté. Une variation sur une danse paysanne écoutée à travers un mur mitoyen, entre deux chambres d'une pension. Une mélancolie étouffée par l'épaisseur de la paroi. Une consolation délicate, qui lui causait autant de peine que de bonheur.

Il avait rendu sa mère jalouse. Elle s'était défendue. Elle avait fait de son mieux. Elle avait réussi à lui faire aimer son père.

Il se leva. Il vérifia sa tenue devant le miroir. Il jouait en chemise noire à col Mao. Rose lui avait offert ses boutons de manchette, des perles grises. Zoltan lui avait appris à tenir l'archet.

Il écouta les dernières notes des *Danses*, quatre traits à deux temps syncopés, en feux d'artifice, *mi-la-mi-la*. Une gerbe de bravos s'échappa de la masse sonore. Aldo éteignit le haut-parleur et accorda une dernière fois son violon. Le bruit semblait parti pour de bon. A travers la paroi, le violon de Zoltan avait provoqué un déchirement. Un souvenir d'enfance qu'on recherche ou qu'on fuit, selon les jours. Une vie à être aimé. Sa mère. Marguerite, qui avait fait de lui un rescapé. Zoltan, Woehrling, Rose. Tous l'avaient adoré. Sans retour. Une vie à avoir de la chance. On tapait à sa porte. C'était le régisseur de scène.

— C'est à vous.

— Le public a l'air content ?

— Il le sera plus encore avec le Beethoven.

Il ne dit rien. Au rideau de l'arrière-scène, le chef les rejoignit.

— Merde, dit le régisseur.

— C'est un bon public, dit le chef. Après vous.

Aldo passa devant. Les applaudissements reprirent, moins fournis, plus brefs. Rose devait être assise au huitième rang. Il ne la chercha pas du regard. L'orchestre attaqua l'*Allegro* : cinq coups de timbales en *ré*, puis les bois : basson, clarinette, hautbois. Sans encombre. Aldo s'aperçut qu'il avait omis de mentionner au chef le changement de tempo souhaité. Je le jouerai les yeux ouverts, se dit Aldo, il comprendra qu'il se passe quelque chose. Il exécuta la cadence du premier mouvement en professionnel. C'était impeccable, mais il n'était pas dans le morceau. Aldo connaissait les ficelles. La gestuelle, les yeux clos. Des trucs. Des émotions faciles dont il ne reste rien un quart d'heure plus tard.

Le silence se fit épais. Le chef lança le *Larghetto*. Les cordes entamèrent le mouvement en sourdine, soutenues par l'harmonie : clarinette, cor, flûte.

Elle a écrit ses notes comme elle a vécu. Comme elle a pu. Avec les moyens du bord.

Il avait donné des coups de bassin violents.

Il resta sur le *sol*. Une éternité. Il descendit son archet d'aussi haut que possible, lentement, puis le remonta de même manière pour le *si*. L'orchestre suivait sa tenue. Une lenteur inouïe. Le concert devenait inoubliable. A la fin du *Larghetto*, il savait que c'était gagné. Une sensation inattendue l'envahissait. La joie indicible que l'on éprouve à de rares instants de sa vie, lorsqu'on sait qu'à partir de maintenant, les choses ne seront jamais plus comme avant. Qu'est-ce qui avait changé ? Le *Larghetto* ? Il l'avait joué autrement. Non, ce n'est pas ça, se dit Aldo. C'est autre chose. Peut-être que je l'ai compris.

Il tenait son archet remonté pour attaquer le *Rondo*. Il entrouvrit les yeux. Le chef cherchait son regard. Il le trouva et lui fit un signe. Il voulait marquer la pause avant le troisième mouvement. Ce n'était pas dans la tradition. La partition dit : *"Attaca subito il Rondo"*, sur le *ré*. Le chef laissa l'orchestre sur la dominante du *Larghetto*, qui était un *la*. La sensation d'irrésolu était totale. La pause ne dura que quelques secondes, mais elle suffit à marquer l'instant. A le transformer en éternité. Le morceau s'acheva dans la beauté passée du *Rondo*.

On arrivait chez soi, ballotté entre les joies et les chagrins de la vie.

Après les deux derniers traits de l'orchestre et du soliste, deux fortissimos, le public se déchaîna. Des spectateurs se levèrent. Il y eut effet de foule. Avant même que chef et soliste ne quittent le plateau pour le premier salut, la salle était debout. Le chef serra longuement la main d'Aldo. Il était en nage, épuisé. Il avait joué le *Rondo*, mais bon... Il avait livré la marchandise, sans plus. Il était toujours dans le *Larghetto*. Rose a oublié d'aller chercher sa petite fille. Impardonnable ? On n'en finirait pas, se dit Aldo.

Il donna le signal, quitta le plateau, suivi du chef. Derrière le rideau de scène, le régisseur lui tendit un linge et une bouteille d'eau. Il but longuement au goulot, s'épongea le visage.

Le public continuait d'applaudir à tout rompre. Aldo et le chef retournèrent saluer deux fois. A la troisième, le chef monta à son pupitre, prêt à donner le tempo aux cordes pour le pizzicato du *Carnaval de Venise*. Il fit signe à l'orchestre de prendre place et leva sa baguette. Les musiciens des pupitres cordes posèrent leur archet sur le rebord de leur lutrin, et se mirent en position pour attaquer le pizzicato. Le chef regarda Aldo.

Aldo fit non de la tête. L'incompréhension balaya le plateau. Le chef regarda le premier violon solo et descendit le bras. Le musicien comprit et posa son violon sur ses genoux. Ses collègues l'imitèrent. Le chef interrogea Aldo du regard. Aldo ne répondit pas. Il ne lui laissa pas le temps de quitter le podium. Yeux fermés, de toute sa force il attaqua. *Fa-mi-fa-sol*. Les *Danses de Galánta*.

Le morceau faisait un quart d'heure. Il ne l'avait pas joué depuis trente ans. La transcription de M. Zoltan, c'était loin. En première partie de programme, le public avait entendu le morceau en exécution symphonique parfaite. Le pari était insensé.

Aldo rendit au morceau tout le sang de la musique tzigane primitive. Brio et bravoure. Changements de tempo abrupts. Attaques mordantes. Coups d'archet violents. Désespérés. De la musique pour oublier. Oublier le fardeau. La misère. La honte. Des notes arrachées qui ravivent la solitude et puis l'apaisent, la dissolvent dans l'instant. Dans la vie.

Fin du morceau. *La-mi-la-mi*. Quatre traits fulgurants. Un triomphe.

A l'ovation debout des spectateurs s'ajouta celle des musiciens de l'orchestre. Ils ne se levèrent pas pour recevoir les saluts du public, mais pour applaudir le soliste. Du jamais vu. Aldo aperçut enfin Rose. Elle s'était levée. Elle regardait Aldo. Elle secouait la tête et battait des mains, lentement, dépassée par l'émotion. Dans la salle, le public hurlait son enthousiasme. La performance était historique. Audace, bravoure, violence. Le public ne s'y trompait pas. Resté sur son podium, le chef attendait de capter le regard d'Aldo pour lui serrer la main. Aldo regardait Rose. Le Guarnerius était tombé de son étui dans les coulisses du Victoria-Hall. Rose l'avait réparé dès le lendemain. L'été passé avec Rose, vingt-quatre années auparavant. Mommy, mommy. Un gémissement. Le violon de M. Zoltan.

Les applaudissements finirent par s'atténuer un peu. Il sourit à peine, et cela eut pour effet de relancer les bravos. Il se dit qu'il devrait aller en coulisse, revenir quand les applaudissements se seraient calmés, saluer une dernière fois. Libérer le chef et les musiciens pour l'entracte.

Une idée folle lui traversa l'esprit. Il se dit : Là, ça devient saugrenu. Puis il pensa : Ils ne m'inviteront plus. Et alors ? Il plaça son violon en position. Il y aurait un second *bis*.

D'un coup ce fut le silence. Sans même prendre le temps d'accorder son instrument, Aldo partit sur une succession de notes jouées en arpèges, en virtuose, une longue guirlande qu'il arrêta longuement sur le *la* bémol. Il le fit durer quatre blanches, bien cinq secondes, suivi du reste de la phrase, *sol-fa-mi* bémol-*do*, et la salle explosa. Il jouait *La Vie en rose*.

Je m'en fous. Je lui dois bien ça. Des rangs il perçut un murmure. Il crut que des spectateurs manifestaient leur désapprobation. C'était autre chose. Le public du Théâtre des Champs-Elysées chantait. Debout. Les yeux brouillés. Aldo donnait le tempo, jouait les yeux ouverts, accentuant du buste les départs des strophes, et le public suivait :

Il me dit des mots d'amour,
Des mots de tous les jours,
Et ça m'fait quelque chose.

A ma mère, se dit Aldo. Elle a voulu alléger mon fardeau. Ça n'a pas marché. Elle a essayé. En vain. Elle n'a pas pu terminer. Je ne l'avais pas lâchée. Je lui avais arraché les seins. Je lui avais donné des coups de bassin. J'avais été son amant frénétique. Elle le savait.

Il est entré dans mon cœur
Une part de bonheur
Dont je connais la cause.

Il fut pris d'un vertige. Il ferma les yeux. Il joua les dernières portées sans force. Le public était aux nues. Rose avait fait luthière comme d'autres font cuisinières militaires. Pour avoir un endroit où aller. Il la chercha des yeux. Elle devait être restée assise, et l'ovation debout l'empêchait de la voir. Il s'inclina vers le public, puis se dirigea vers l'arrière-scène.

— Vous ne retournez pas saluer ?

— Je suis au bout, fit Aldo au chef de scène.

Il ne comprit pas bien ce qu'il venait de dire et poursuivit en direction de sa loge.

21 h 00

LE DIRECTEUR du théâtre l'accueillit dans sa loge, bras grands ouverts. Aldo était attendu en héros. Il alla poser le Stradivarius dans son étui. Quelqu'un frappa à la porte. Cela lui évita l'accolade.

— Ah ! ça doit être le champagne, dit le directeur du théâtre.

Il alla ouvrir.

— Laure, vous êtes un ange, vous connaissez Laure, maestro ?

Aldo n'eut pas le temps de répondre que l'on frappait à nouveau. C'était son agent parisien, accompagné d'une femme élégante.

— Aldo, ce concert est à marquer d'une croix blanche. Tu connais Thérèse Camelli, du *Monde de la musique* ?

Sans laisser à Aldo le temps de répondre, il s'adressa au directeur.

— N'est-ce pas, Thierry ? Rien de pareil ne s'est jamais passé au théâtre. C'est inouï ! Aldo, vous avez conquis chaque cœur.

Laure préparait les flûtes de champagne. Aldo acquiesça, sans rien dire. A nouveau quelqu'un frappa. C'était le chef d'orchestre.

— Oh mon Dieu ! C'est la foule ! Je ne reste pas, Aldo, je dois aller me rafraîchir. Il était soudain sérieux, tendu. Il reprit : Comme vous avez joué le *Larghetto* ! C'est la première fois que je l'entends ainsi.

Il regardait Aldo fixement.

— Merci, dit-il à Laure, déclinant de la main la coupe de champagne qu'elle lui offrait.

Aldo ne vit pas le geste et crut que le "merci" s'adressait à lui.

— C'est moi qui vous remercie. La générale, ce n'était pas ça, et puis j'ai oublié de vous dire, pour le tempo du deuxième mouvement. Ah ! et puis le *bis*...

Le chef secoua la tête.

— Vos *sol-si*, Aldo... Peut-être Menuhin, dans sa première interprétation avec Furtwängler, celle de 1948. Et encore... Allez, une symphonie m'attend, je vous embrasse.

Aldo n'échappa pas à l'accolade.

— Et moi, j'ai le droit ?

Le dos tourné à la porte, Aldo ne s'était pas aperçu de l'arrivée de Rose.

— Rose, quel bonheur de vous voir, dit le directeur.

— Bonsoir ma chérie, dit Aldo.

Il prit Rose dans ses bras, la tint serrée contre lui.

— Aldo, on nous regarde, dit Rose.

L'agent saisit l'allusion.

— Et ça va jaser, Aldo, une journaliste est parmi nous !

Aldo libéra Rose et se tourna vers Thérèse Camelli.

— Pardon, je manque à mes devoirs, merci d'être venue dire bonjour.

L'agent poursuivit sur sa lancée :

— J'ai invité Thérèse à partager une assiette avec nous au Stresa, après le concert.

— Absolument, vous avez bien fait, dit le directeur, voyons, nous serons... Laure, vous vous joignez à nous, j'insiste, deux, quatre, Aldo et Rose, six, sept avec le chef, il est seul ? Non ? Bien sûr, huit donc. J'ai déjà dit qu'on nous réserve une grande table, mais il faut préciser, la salle est petite, surtout s'ils nous mettent derrière. D'accord pour huit, Laure ? Vous leur dites vingt-deux heures trente, vingt-trois heures.

— Alors c'est entendu, dit l'agent, allez, on vous laisse vous reposer.

— Vous assistez à la deuxième partie ? demanda Laure à Aldo.

— Merci, je crois que je vais rentrer à l'hôtel. Nous vous retrouvons au Stresa.

— Je suis un peu fatiguée, dit Rose. Elle s'adressa à Laure et ajouta : J'arrive de Genève. A Aldo, elle dit : Vas-y, toi.

— Le restaurant est à deux pas de l'hôtel, dit Aldo, j'espère arriver à convaincre Rose.

Le brouhaha quitta la loge. Ils se retrouvèrent seuls.

— Merci, dit Rose.

Elle avait parlé à voix basse, sans regarder Aldo.

— Pour quoi ?

— Pour le *bis*.

— Tu as aimé ?

— Je ne sais pas.

Elle avait les yeux gorgés.

— Allons nous reposer, dit Aldo. Il ouvrit la porte de la loge. Rose ne bougea pas.

— Je ne sais pas, Aldo, tu comprends ? Je ne sais pas. La vie en rose, ce n'est pas pour, tu sais…

— Ce n'est pas l'endroit, dit Aldo, allons à l'hôtel. On sera tranquilles.

Il avait parlé avec douceur. Elle se laissa faire. Ils quittèrent le théâtre. La pluie n'avait pas cessé, elle s'était adoucie. Aldo avait oublié le parapluie dans la loge. Tant pis. Ils ne croisèrent personne, n'échangèrent pas un mot.

Aldo ressentait la même sensation qu'après le *Larghetto*. Comme le jour où ils avaient décidé de faire l'amour pour la première fois, lorsque Rose avait dit : "Ce soir on fait l'amour. Tu veux ?" Il avait eu la certitude d'un bouleversement. Il s'était répété cent fois : Ma vie va basculer. Où ? Comment ?

Rose s'assit sur le lit et prit son visage dans ses mains. Aldo s'assit près d'elle. Ils restèrent côte à côte une longue minute, sans se toucher. Elle avait le corps secoué de sanglots, des petites secousses qu'elle essayait d'atténuer en se tenant le visage.

— Tout ça, c'est trop, Aldo. It's just too much. I can't cope with it. Où que je me tourne, ce que je trouve, c'est la honte. La honte d'avoir oublié Juliet. Où que je regarde. Je suis fatiguée, Aldo. J'ai vieilli.

Elle secoua la tête.

— La vie en rose, ce n'est pas pour moi, Aldo.

— C'est pour qui ?

Il avait posé la question à faible voix, sans la regarder, sans la toucher.

— Pour les autres.

— C'est qui les autres ?

— Tout le monde. Presque tout le monde. Pas les femmes qui oublient leur petite fille.

— Tu as vu les gens qui chantaient au théâtre ?

— Ils n'ont pas honte, dit Rose. Ils peuvent chanter tant qu'ils veulent. Moi, j'ai oublié Juliet.

— Tu n'as pas voulu faire mal, dit Aldo. Les gens qui n'ont pas voulu faire mal n'ont pas à avoir honte. Chacun fait des choses qu'il voudrait ne jamais avoir faites.

Il se dit : Il faut que je lui dise. Il se mit debout devant Rose et dit, criant presque :

— Moi, tu crois que j'ai été violé ? Que je n'y suis pour rien ? Je ne la lâchais pas, ma mère ! Tu comprends ? Je la voulais ! J'avais peur, je mourais de peur, mais je la voulais ! Je voulais la baiser ! Tu comprends ? Tu veux voir les notes de ma mère ?

Il alla retirer les feuillets du coffre. Il était brusque.

— Regarde ! Ici, à la fin. Tu lis ? Elle dit : "Je ne sais pas" Il n'y a même pas de point. Elle ne sait plus, et d'un coup, elle sait ! Elle sait ! Elle n'est pas idiote. Au moment où elle écrit, elle est plus lucide que jamais ! J'aurais pu me détacher, tu comprends ? Je l'ai aimé, ce coup tiré avec ma mère ! Je l'ai refait mille fois dans ma tête. J'en ai recherché le souvenir ! Sans cesse !

— Avec moi ?

— Tu avais la même poitrine que ma mère, les mêmes seins, pleins et gracieux.

Il restait debout devant Rose assise sur le lit. Elle le regardait, les yeux craintifs.

— J'aurais pu me défendre ! J'ai joui comme jamais ! A longs jets ! A en avoir le tournis ! J'ai joui à mourir ! Ma mère s'est tuée. J'ai joui à mourir et ma mère s'est tuée ! On est à égalité ! Chacun sa honte !

Il alla s'asseoir sur le canapé rouge, en rage, le regard fixe.

— Elle est allée à Berlin pour donner le change. Ce n'est pas mon père qu'elle voulait retrouver. C'est ce qui s'est passé à la pension qu'elle voulait fuir. Elle est allée à Berlin pour me dédouaner. Elle s'est tranché les cordes vocales.

Rose demanda :

— Pourquoi tu ne m'as pas dit ?

— A quoi bon ?

— Je suis ta femme.

— Tu te rappelles tout à l'heure, dans la loge ? Chacun parlait de son côté. Sans rien écouter des autres. Chacun racontait son histoire. Ce n'est pas plus mal, à la fin. On ne s'écoute même pas soi-même. Ça permet de vivre. C'est plus léger. On oublie sa honte. Ce n'est pas glorieux, mais on vit.

— On oublie sa honte ? Comme ça ?

— Parfois on répare un peu. On soulage. Comme tu fais. On change les cordes. Certains jours, il suffit de les détendre et de les retendre. Quand ça fait plus mal, on chauffe un petit peu de colle d'os. On la masse avec douceur. Ça console.

— Tu ne changeras jamais.

Elle avait dit cela d'un ton affectueux. Elle ajouta en souriant :

— Maestro…

Il inclina à peine la tête et eut un petit mouvement des sourcils, très rapide, comme pour dire : "Que veux-tu…" Il pointa son index sur les notes de sa mère.

— Ça t'intéresse ?

Elle fit non de la tête.

Il saisit une petite boîte d'allumettes dans le cendrier posé sur la table basse. Il ramassa les feuillets, alla à la salle de bains, les tint en rouleau au-dessus de la baignoire et les brûla en torche. Il nettoya les cendres au jet de la douche. Il retourna dans la chambre.

— On va au Stresa.

— Tu ne t'es pas changé.

Elle avait souri.

— J'y vais comme je suis, allez, on y va, dit Aldo.

— Je n'ai rien à voir avec ces gens, dit Rose. Vas-y, toi. Tu les connais.

— Je n'ai rien à voir avec eux non plus. On travaille ensemble. De temps en temps, on se croise. C'est tout.

Elle ne répondit pas. Elle gardait le regard baissé sur la moquette.

— C'est comme à la Pension Marguerite, reprit Aldo. Personne n'appartient vraiment à personne. On est là, chacun avec sa honte. M. Zoltan sourit aux touristes dans un cabaret. Annette fait la poule avec une baronne belge. Hélène nourrit sa rancœur à fouiller dans les frais de ses collègues, Georgette se justifie du matin au soir, à ne plus faire l'amour, parce qu'elle est grosse et moche, alors elle dit que c'est parce qu'elle aimait son mari.

— Mais vous vous aimiez, dit Rose. Tous ces gens t'aimaient.

— Bien sûr, on se retrouve là par hasard. A être ensemble. A s'aimer comme on peut, à partager des repas avec des saltimbanques qui voyagent un peu plus que nous. Voilà tout. On est pareils à eux. Personne n'a de chez-soi.

— Tu crois ? dit Rose.

— On chante et on danse avec ceux que la Providence met sur notre route.

Des gens qu'on ne connaît pas plus que ça. On se tient compagnie. On se dit : Bien sûr qu'on voit la vie en rose.

Elle dit :

— Nous, on se connaît. On n'est pas des étrangers.

— On se connaît depuis vingt-quatre ans, et c'est aujourd'hui que nous nous disons les choses les plus importantes de notre vie.

— Tu veux dire qu'on est ensemble par hasard ?

— Oui et non, tu le sais.

— On a fait du mal.

— Ressasser sa honte ne sert à rien, dit Aldo. Il faut l'oublier. Vivre, c'est oublier.

— Facile à dire.

— On essaye, dit Aldo. On essaye. D'accord ?

— On essaye, fit Rose en écho. On verra bien. Je t'aime.

— *Elle me dit des mots d'amour,*
Des mots de tous les jours.

Il avait chantonné la strophe en souriant, d'un air moqueur. Elle demanda :

— Et ça te fait quelque chose ?

Il la prit dans ses bras, les reins de Rose contre son ventre.

Elle rit.

— Je dois me donner un coup de peigne.

Elle se dégagea et se rendit dans la salle de bains. Elle s'observa dans le miroir. Elle se dit qu'elle devrait peut-être se teindre les cheveux.

BABEL

Extrait du catalogue

782. CÉLINE CURIOL
Voix sans issue

783. AKI SHIMAZAKI
Hamaguri

784. ALEXANDRE GRIBOÏÉDOV
Du malheur d'avoir de l'esprit

785. PAUL AUSTER
Brooklyn Follies

786. REZVANI
L'Eclipse

787. PIERRETTE FLEUTIAUX
Les Amants imparfaits

788. CHRISTIAN GOUDINEAU
L'Enquête de Lucius Valérius Priscus

789. EDUARDO BERTI
Madame Wakefield

790. NIKOLAÏ GOGOL
Les Nouvelles de Pétersbourg

791. ANNE BRAGANCE
La Reine nue

792. FRANÇOIS POIRIÉ
Rire le cœur

793. JOSÉ CARLOS SOMOZA
La Dame n° 13

794. PERCIVAL EVERETT
Désert américain

795. HODA BARAKAT
Les Illuminés

796. PAUL NIZON
Immersion

797. GÖRAN TUNSTRÖM
Partir en hiver

798. PAVAN K. VARMA
Le Défi indien

799. NAGUIB MAHFOUZ
Passage des miracles

800. YOKO OGAWA
La Petite Pièce hexagonale

801. ROY LEWIS
La Véritable Histoire du dernier roi socialiste

802. GLENN SAVAN
White Palace

803. BJARNE REUTER
Le Menteur d'Ombrie

804. CHRISTIAN SALMON
Verbicide

805. LUIGI GUARNIERI
La Double Vie de Vermeer

806. PER OLOV ENQUIST
Blanche et Marie

807. HELLA S. HAASSE
Les Initiés

808. ANDRÉ BRINK
L'Insecte missionnaire

809. CÉSAR AIRA
Les Larmes

810. EDUARDO BELGRANO RAWSON
Fuegia

811. LIEVE JORIS
La Chanteuse de Zanzibar

812. THÉODORE MONOD
Majâbat al-Koubrâ

813. PAUL BELAICHE-DANINOS
Les Soixante-Seize Jours de Marie-Antoinette à la Conciergerie, t. I

814. MADISON SMARTT BELL
Le Maître des carrefours

815. YAAKOV SHABTAÏ
Pour inventaire

816. ANDRÉAS STAÏKOS
Les Liaisons culinaires

817. NORBERT ROULAND
Soleils barbares

818. PRALINE GAY-PARA
Contes curieux

819. MARGARITA XANTHAKOU
On raconte en Laconie…

820. INTERNATIONALE DE L'IMAGINAIRE N° 22
Evénementiel *vs* action culturelle

821. COLLECTIF
Le Dialogue des cultures

822. VÉRONIQUE OVALDÉ
Déloger l'animal

COÉDITION ACTES SUD – LEMÉAC

Ouvrage réalisé
par l'Atelier graphique Actes Sud.
Achevé d'imprimer
en mars 2010
par l'imprimerie Normandie Roto Impression s.a.s.
61250 Lonrai
sur papier fabriqué à partir de bois provenant
de forêts gérées durablement (www.fsc.org)
pour le compte
d'ACTES SUD
Le Méjan
Place Nina-Berberova
13200 Arles.

Dépôt légal
1re édition : août 2007
N° impression : 100876
(Imprimé en France)